녹색 일기장

녹색 일기장

개정판 1판 4쇄 발행 2021년 08월 10일 | **개정판 1판 1쇄 발행** 2019년 06월 25일
글 이경순
펴낸이 김상일 | **펴낸곳** 도서출판 키다리
출판등록 2004년 11월 3일 제406-2010-000095호
제조국 대한민국 | **사용연령** 10세 이상
주소 경기도 파주시 심학산로 10
전화 031-955-9860(대표), 031-955-9861(편집) | **팩스** 031-624-1601
이메일 kidaribook@naver.com | **블로그** blog.naver.com/kidaribook
ISBN 979-11-5785-244-4 (43810)

녹색 일기장

이경순

키다리

작가의 말

흔들리기 그리고 다시 일어서기

흔히 사춘기를 '질풍노도의 시기'라고 한다. 거센 바람과 사나운 파도처럼 감정의 기복이 심한 시기란 뜻이다.

나 역시 흔들리며 같은 과정을 거쳐 왔다. 그리고 그때마다 혼자 중얼거리곤 했다.

"그래, 마흔 살엔 다를 거야. 불혹, 공자의 말처럼 세상일에 흔들림이 없는 나이라잖아."

마침내 그 불혹의 나이가 되었고, 다시 몇 해를 넘겼다. 그럼 이제 정말 세상일에 내 마음이 흔들림 없을까? 슬프게도 아니다! 나는 여전히 고민하며, 매일 흔들리며 살고 있다.

그리고 이제야 비로소 깨닫는다. 10대엔 10대만의 고민이 있고, 20대, 30대, 40대…… 역시 마찬가지다. 나이에 따라 그에 걸맞은 새로운 상황과 고민에 맞닥뜨리게 된다. 결국 우리는 삶을 마감하는 날까지 흔들리며 살아가는 것이다. 때문에 어느 시기의 고민이

더 무겁고 깊은지 저울질할 수 없다. 누구나 현재, 내 고민이 가장 무겁고 힘든 법이니까.

이 작품을 통해 힘겹게 질풍노도의 시기를 건너고 있는 우리 아이들과, 여전히 흔들리며 살고 있는 나 자신에게 어깨 토닥이며 말해 주고 싶었다. 흔들림은 자연스러운 것이며, 그 흔들림을 통해 우리는 점점 더 성장하고 발전하고 단단해진다고 말이다.

이슬람 경구에 "흔들리는 나침반은 방향을 잃지 않는다."라는 말이 있다. 이 얼마나 멋진 말인가. 이 얼마나 위안이 되는 말인가. 나침반이 방향을 제대로 잡기 위해선 바늘이 쉼 없이 흔들려야 한다는 것. 우리가 이렇듯 흔들리는 것도 긴 인생 여정 동안 좀 더 나은 삶, 올바른 선택을 하기 위해서인 것이다. 그러니 그 흔들림에 속상해하거나 움츠릴 필요가 없다. 다만 흔들릴 때마다 쓰러지지만 않으면 된다. 파릇하게 다시 일어나 몸 곧추세우며 힘차게 부딪치며 이겨 나가자!

이경순

차례

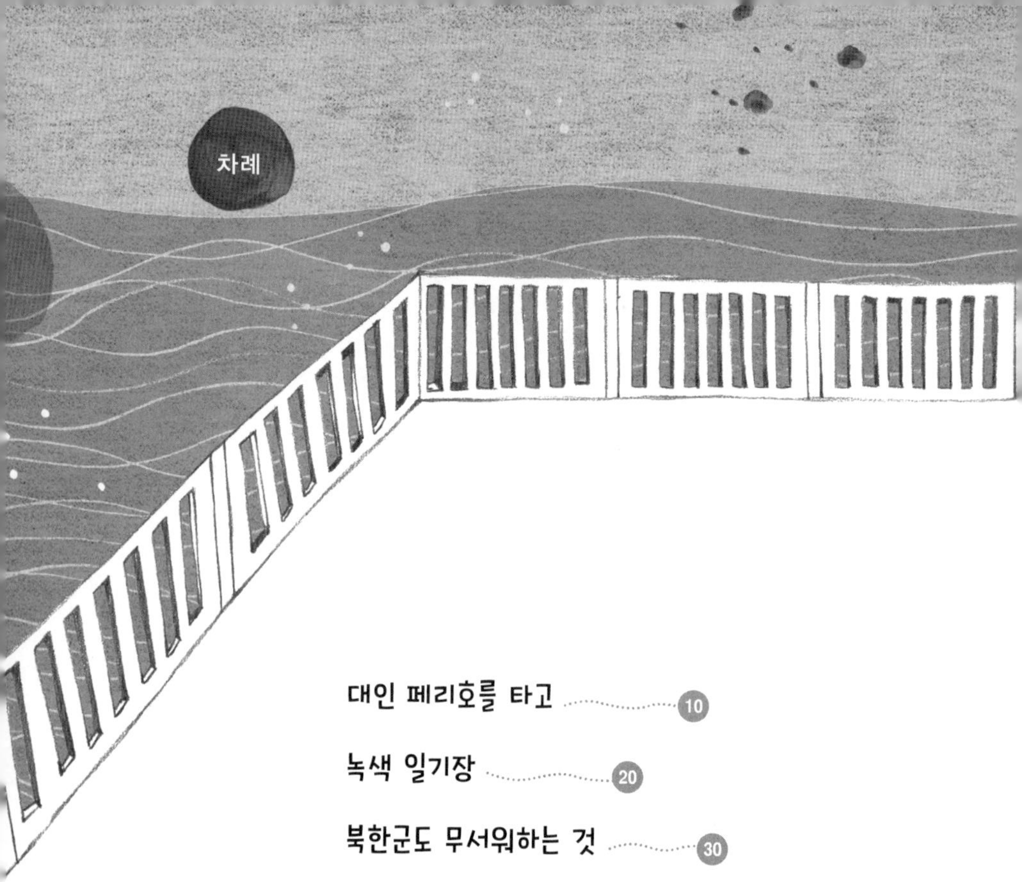

대인 페리 호를 타고

대인 페리 호 갑판은 사람들로 북적거렸다.

중국의 대련(다롄)과 우리나라 인천, 두 도시를 오가는 배라고 앞 글자를 따서 '대인 페리 호'란다. 멋대가린 없지만 간단해서 좋다. 그래 봐야 아는 사람만 알 테지만.

배는 벌써 두 시간째 항구에서 꼼짝 않고 있다. 화물을 싣는 중이란다. 선적을 끝낸 뒤에 탑승시키면 좋았을 텐데 왜 승객들을 기다리게 하는지 모르겠다. 하지만 그런 불만은 나만 갖는 모양이다. 모두들 갑판을 누비며 사진 찍느라 야단이다.

"와, 출발한다!"

배가 움직이는가 싶었는데 누군가 소리쳤다. 사람들이 우르르 배 가장자리로 몰렸다. 보글거리며 멀어져 가는 물거품을 바라보며 환호성을 질러 댔다.

날나리 클럽 친구들이 떠올랐다. 그들과 함께라면 나도 저렇게 소리소리 지르며 즐거울 수 있을 거다. 자욱한 안개 사이로 고딕 풍의 건물들이 그림처럼 떠 있는 낭만의 유럽 여행이 아니라도 말이다. 푸른 하늘을 나는 우아한 비행기 대신 출렁이는 바다 위를 14~15시간씩 달리는 배 여행이라도. 하지만 엄마와 함께하는 여행은 여행이 아니다. 고행이다. 형벌이다.

"연주야, 우리 여름방학 때 중국 여행 가자."

아빠가 이렇게 말했을 때만 해도 조금은 기대에 부풀었었다. 드디어 비행기를 타 보는구나, 세계 100대 부자들이 몰려 있다는 번화한 베이징 구경도 할 수 있겠구나 싶었다. 그런데 출국 이틀 전에야 알았다. 여행지가 번화한 베이징이 아니라 만주 벌판의 요동(랴오둥) 땅이란 걸. 비행기가 아니라 배로 간다는 걸. 한두 시간도 지겨운데 장장 열다섯 시간을 배 안에 갇혀 있어야 한단다. 게다가 여행 주제가 '고구려 유적 탐방'이란다. 그런데 아빠는 더 끔찍한 사실을 털어놨다.

"우리 셋이 함께 가려고 작년부터 벼른 여행인데 아빠가 못 가게 됐어. 휴가 계획이 틀어져 버려서."

"그럼 나랑 엄마랑 둘이 가라고요? 싫어요, 나도 안 갈래요. 내 것도 취소해요, 아빠."

"그러고 싶어도 지금은 안 돼. 너무 늦었어. 그러지 말고 엄마랑 다녀와. 이 기회에 얘기도 많이 나누고. 엄마가 너를 위해 뭔가 계획도 세운 거 같더라. 분명 너한테 좋은 일일 거야. 엄마한텐 이 말 한 거 비밀이야."

내가 펄펄 뛰자 아빠는 애매한 미끼를 던졌다.

"계획, 무슨 계획이요?"

하지만 아빠는 더 이상 말해 주지 않았다.

도대체 무슨 계획일까. 내게 좋은 일이라면, 혹시 휴대전화? 아, 그건 절대 아닐 거다. 엄마가 다시는, 절대로, 휴대전화 같은 건 없다고 했으니까. 그럼 뭘까? 갖가지 추측을 했지만 머리만 아플 뿐이다. 그러다 문득 깨달았다. 이번 여행은 엄마랑 아빠가 나를 골탕 먹이기 위해 세운 계획이란 걸. 분명 지난 일 년 동안 내가 속 썩인 것에 대한 복수일 거다. 하지만 그렇게는 안 될 거다. 보란 듯이 아주 즐겁게 다닐 거니까.

"언니, 저 다리 좀 봐!"

"와, 정말 길다!"

옆에 선 여자아이 둘이 소리쳤다. 그들은 바다 위로 길게 놓인 다리를 보고 있었다.

파마머리를 양 갈래로 묶은 아인 초등학교 2~3학년쯤 돼 보였다. 언니로 보이는 커트 머리 여자앤 나랑 같은 중2, 아님 나보다 한 살쯤 많을까?

"아빠, 저 다리 이름이 뭐야?"

파마머리 여자아이가 옆에 선 중년 남자에게 물었다.

"인천대교야. 우리나라에서 가장 크고 긴 다리지."

중년 남자 옆에서 아줌마가 맞장구치듯 고개를 끄덕였다. 그러고 보니 그들도 나랑 같은 탐방단이다. 아까 항구에서 탐방단끼리 모였을 때 본 기억이 난다.

파마머리의 눈길은 이제 낮게 날며 배를 뒤따르는 갈매기 떼에게 멎었다.

"언니, 쟤들 봐. 우리를 따라오고 있어."

파마머리는 두 팔을 날개처럼 저으며 나는 시늉을 한다. 뭐가 그리 재밌는지 연신 깔깔거린다. 그 모습을 보자 지난 봄, 남산 벚꽃 길에서의 일이 떠올랐다. 날나리 클럽 친구들과 두 팔을 너울대며 나비처럼 날았던 그날.

그날은 중간고사 마지막 날이었다.

우리는 시험이 끝나자 교복을 벗어 던지고 남산으로 향했다. 다들 화장에 짧은 치마, 또깍또깍 구두 소리 내며 걷는 어른 흉내에 신 나 있었지만 나는 불편했다. 수아가 해 준 색조화장도 너무 진한 것 같아 전철을 타는 내내 얼굴 둘 곳을 찾아 두리번거렸다.

"와, 나오니까 진짜 좋다. 시험 후엔 당근 이렇게 놀아 줘야지, 안 그러냐?"

명동역을 나와 남산을 향해 오르면서 수아가 말했다.

"원래 시험공부 열심히 한 애들은 그런 말 안 하지. 연주가 그런 말 하는 거 본 적 있어? 아, 예가 잘못됐나? 요즘 연주 학원도 안 가고 완전 폐인 모드인데."

민지가 말하면서 히죽 웃었다. 나도 따라 웃었지만 기분은 씁쓸했다. 그렇다고 민지에게 화가 난 건 아니었다. 나를 긁으려고 한 말이 아니란 걸 아니까.

"네짱! 네가 그런 말 할 처진 아닌 것 같은데? 아무리 폐인 모드라도 연주 성적은 독보적인 거 몰라? 우리 중엔 감히 따를 자가 없지."

승미가 무뚝뚝하게 말했다. 어쩜 저렇게 한결같이 무뚝뚝하게 말할 수 있을까. 기쁜 일이든 화나는 일이든 변화가 없다. 승미는 그래서 좋다.

"인정! 부자가 망해도 삼 년은 간다더라. 연주가 폐인처럼 살아도 우리처럼 바닥까지 추락할 리는 없지."

"야, '우리'에서 난 빼라. 난 그래도 바닥은 아니니까."

승미의 말에 수아가 깔깔 웃었다,

"좋아, 그것도 인정!"

수아가 경쾌하게 소리쳤다. 학교에서 시험지를 낼 때는 세상이 끝난 것 같은 얼굴이더니, 지금은 세상에 부러울 게 없는 표정이다. 어쩜 저렇게 표정 변화가 자유로울까. 그런 수아를 보고 있으면 고민이 짧아서 좋겠다 싶다.

"우와, 드디어 벚꽃 길 진입이오! 일단 인증샷 먼저 날려야지."

수아는 승미에게 휴대전화를 맡기고 벚나무 아래로 쪼르르 달려갔다. 하얀 벚나무에 살짝 기대선 연분홍 원피스의 수아는 정말 예뻤다.

"예쁘다. 나도 찍을래."

민지가 통통한 몸을 굴리듯 벚나무 아래로 종종걸음 쳤다. 그 모습이 우스워 우리는 깔깔대며 웃었다.

"평일에 오니까 정말 좋다. 작년엔 토요일에 왔다가 치여 죽는 줄 알았다니까."

수아가 떨어지는 꽃잎을 입김으로 불어 올리며 말했다. 하얀 꽃잎은 너울대며 공중으로 날아올랐다가 살랑살랑 떨어지기를 반복했다. 꼭 한 마리 나비 같았다.

"나 지금부터 나비 콘셉트다."

수아가 두 팔을 너울대며 나비 흉내를 냈다. 통굽이지만 굽이 제법 높은데도 수아는 비틀거리지 않고 잘도 겅중거렸다. 그 모습이 웃겨서 나랑 승미가 마주 보고 웃었다. 그때 휘잉 바람이 불었다. 새하얀 꽃송이들이 나풀거리며 공중으로 날아올랐다가 팔랑팔랑 내려앉았다.

"나비 떼다!"

갑자기 승미가 수아처럼 두 팔을 나풀대며 사뿐사뿐 내달렸다. 나랑 민지를 돌아보며 고갯짓을 했다.

"얘들아, 날자! 훨훨 날아오르자—."

승미가 이렇게 말하는 것 같았다. 민지가 활짝 웃으며 두 팔을 내젓기 시작했다. 나는 쑥스러워서 친구들 뒤를 종종걸음 치며 따라갔다.

쉬잉, 다시 바람이 불어왔다. 하얗게 날아오르는 수많은 나비, 나비 떼들—.

순간 몸이 둥둥 떠오르는 것 같았다. 어깻죽지가 간지러운 듯도 했다. 흥에 겨워 나도 모르게 두 팔을 팔랑거리며 날아올랐다. 훨훨, 정말 자유로운 한 마리 나비가 된 느낌이었다. 우리들은 나비가 되어 벚꽃 길을 한참이나 날아다녔다.

"어이구, 정말 좋을 때다!"

이따금 마주친 어른들이 이렇게 말하며 웃었다. 웬일인지 그때는 창피한 줄도 몰랐다. 진심으로 함께한다는 건 그런 건가 싶었다. 창피해도 창피한 줄 모르고, 힘들어도 힘든 줄 모르는.

마침내 맨 앞에서 날던 수아가 나무의자에 털썩 주저앉았다. 그 뒤로 우리 셋이 쓰러지듯 줄줄이 의자 위로 널브러졌다. 서로 눈이 마주치자 까르르 웃음보가 터졌다. 가쁜 숨을 몰아쉬면서도 한참을 그렇게 웃어 댔다.

"너무 웃었나 봐. 배고프다. 우리 저기 가서 간식 먹자."

민지가 산 위쪽을 가리켰다. 민지 손가락을 따라가니 길을 벗어난 곳에 제법 넓은 바위가 있었다.

"빰빠빠– 빰빠빠–."

수아가 진군나팔을 불며 앞장섰다. 우리는 금세 군인이 되어 바위로 행진해 나갔다. 바위는 우리 넷이 앉기에 안성맞춤이었다. 간식을 펼쳐 놓고 먹었다. 김밥 위로 벚꽃이 우수수 내려앉았다. 민지가 김밥 하나를 들고 힘껏 입김을 불었다. 김밥 위에 앉았던 꽃잎이 핑그르르 돌며 공중으로 날아올랐다. 때마침 불어온 바람이 꽃잎을 산 아래로 멀리멀리 날려 보냈다.

"꽃잎아, 난 만짱이다!"

승미가 손나팔을 만들더니 꽃잎이 날아가는 쪽을 향해 소리쳤다.

"난 연짱이야!"

수아도 손나팔을 만들어 소리쳤다.

"난, 네짱이지!"

이번엔 민지.

"난 미짱이야!"

마지막으로 내가 소리쳤다.

"우리는 날나리 클럽 Four 짱이다!"

수아가 다시 소리쳤다.

"우리는 날나리 클럽 Four 짱이다!"

넷이 합창하듯 힘껏 외쳤다. 속이 뻥 뚫리는 기분이었다. 정말 짱이 될 수 있을 것 같은 자신감이 온몸에서 들썩거렸다.

눈을 감고 있으니 그때의 기분이 새록새록 되살아났다. 그날처럼 온몸 가득 자신감이 차오르는 것 같기도 했다. 친구들과 다시 그런 날을 보낼 수 있을까.

"이연주, 여기서 뭐 해?"

누군가 등을 툭 쳤다. 화들짝 놀라 눈을 떴다. 엄마다.

"어딜 가면 간다고 해야 할 거 아냐! 여태 얼마나 찾았는지 알아?"

엄마의 찢어지는 듯한 고음에 사람들의 눈길이 일제히 우리 쪽으로 쏠렸다. 얼굴이 후끈 달아올랐다. 아, 진짜 창피해. 쥐구멍으로 숨고 싶단 말은 이럴 때 하는 걸 거다. 나는 입술을 앙다물고 재빨리 갑판 계단을 향해 내달렸다.

"너 자꾸 진상 부릴래? 난 뭐 너랑 오고 싶었는지 알아?"

소름 끼치는 엄마 목소리가 뒤통수에 꽂혔다. 도대체 왜 저러는 걸까. 엄마는 이제 창피한 줄도 모르는 모양이다. 5박 6일간 내게 내려질 형벌, 정말 끔찍하다.

녹색 일기장

나는 다인실 방으로 향했다.

이번에 함께할 탐방단 서른네 명이 함께 묵는 방이다. 하지만 각자의 침대가 있고 침대마다 커튼과 스탠드가 있다. 커튼만 치면 충분히 혼자만의 시간을 보낼 수 있을 것 같았다.

방엔 탐방단들이 두세 명씩 모여 앉아 얘기를 주고받고 있었다. 대부분 가족끼리 온 모양이었다. 아빠 생각이 났다. 아빠가 같이 왔다면 지금보단 훨씬 나았겠지? 하지만 지금 그런 가정이 다 무슨 소용인가.

나는 한숨을 쉬며 이 층 내 침대로 기어 올라갔다. 막 커튼을 치려는데 맞은편 이 층 침대의 커튼이 차르르 열렸다. 파마머리 여자 애였다.

"어, 거기 언니 침대야? 난 여긴데."

파마머리가 활짝 웃으며 물었다. 웃는 얼굴이 엄청 귀엽다.

"너, 저 위 갑판에 있지 않았어? 아까 거기서 봤는데."

"응, 옷 갈아입으려고 왔어. 이게 편하거든."

무릎까지 오는 헐렁한 반바지를 가리켰다. 그럼 엄마가 나한테 소리 지르는 거 못 봤겠네. 다행이다.

"언니는 몇 학년이야?"

"왜?"

"그냥 궁금해서. 난 3학년이고 이름은 강물이야. 최강물."

최강물, 이름 참 웃기다. 차라리 스케일 크게 바다로 하든지. 암튼 사교성 한번 좋은 애다. 내게 부족한 저 사교성, 살짝 부럽다.

"언니, 지금 내 이름 땜에 웃는 거지? 강물이 뭐냐고. 우리 언니 이름은 더 웃겨. 강산이야."

강물이의 말에 나는 다시 웃고 말았다. 강물, 강산. 둘 다 참 독특한 이름이다.

"근데 언니 몇 학년이냐니까?"

"중학교 2학년."

"어, 우리 언니랑 똑같네. 히히, 언니한테 알려 줘야지."

"아냐, 강물아……."

그냥 두라고 하려는데 강물이는 그새 다인실 밖으로 사라졌다. 별로 말하고 싶지 않은데. 에이, 귀찮게 됐다.

나는 침대에 벌렁 누웠다. 그런데 강물이가 진짜 언니 손을 이끌고 나타났다.

"2학년이라며? 반갑다, 난 최강산이야."

강산이는 활짝 웃으며 오른손을 내밀었다. 목소리만큼이나 동작도 시원하다. 악수가 어색했지만 가만있으면 무안할 것 같아 손을 반쯤 내밀었다. 강산이는 아무렇지 않게 내 손을 잡고 씩씩하게 흔들었다.

"오호, 그럼 우리 친구 하는 거다. 5박 6일간 잘 지내 보자."

강산이가 벌쭉 웃었다.

문득 승미가 떠올랐다. 하지만 승미랑은 아주 다른 느낌이다. 승미가 아름드리나무 같다면, 강산이는 옅은 햇살 같다. 승미는 나랑 비슷한 중키지만 몸은 나보다 훨씬 날씬하다. 아니, 날씬하다기보단 마른 편이다. 그런데도 승미 생각을 하자 왜 아름드리나무가 떠올랐을까. 날나리 클럽 친구들에게 나는 어떤 느낌일까, 불쑥 그런 생각이 들었다. 그리고 궁금했다. 언제 물어 볼 기회가 있을까?

"언니, 우리랑 선실 구경 갈래?"

강물이는 말하면서 벌써 내 손을 잡아끌고 있었다. 나는 못 이기는 척 따라나섰다. 진작부터 선실 곳곳이 궁금하긴 했다. 나 혼자 다니자니 외톨이티 내는 것 같고, 또 복작거리는 중국 사람들 땜에 선뜻 걸음이 떨어지지 않았다.

대인 페리 호는 생각보다 엄청 넓었다. 식당뿐 아니라 휴게실, 면세점, 마작 룸도 있었다. 마작 룸은 중국인들로 발 디딜 틈이 없었다.

"와, 새우깡이다! 언니, 우리도 이거 사서 갈매기한테 주자."

매점으로 들어서며 강물이가 소리쳤다. 아까 갑판에서 갈매기에게 새우깡 주는 사람들이 부러웠던 모양이다. 강물이의 손엔 벌써 새우깡 세 봉지가 들려 있었다.

"언니, 아직도 멀미 안 해?"

계산을 끝낸 강산이가 히죽 웃으며 고개를 끄덕였다.

"강물아 왜? 너 멀미해?"

내 말에 강물이는 귀 뒤를 보여 주었다. 동그란 멀미약이 붙어 있었다.

"배 타고 간대서 우리 둘이 엄청 고민했거든. 멀미약을 붙일까 말까 하고. 그러다 강물이는 붙이고 난 안 붙이기로 했어. 차멀미도 하는 사람 있고 안 하는 사람 있잖아. 난 차멀미 안 하거든. 그래서 배멀미도 하나 안 하나 확인해 보고 싶었어."

"넌 호기심이 많구나. 쓸데없는 호기심! 그러다 멀미하면 어쩌려고. 배에선 뛰어내릴 수도 없잖아."

"확 뛰어내리면 누군가 구해 주지 않을까?"

"언니, 그러다 죽어!"

강산이 말에 강물이가 울상을 지었다.

"바보, 걱정 마. 멀미도 안 하잖아. 워낙 넓어서 배 안이란 생각도 안 드는걸 뭐."

"큰 배는 화물을 많이 실어서 흔들리지 않는 거래. 그래서 멀미도 안 한대."

내가 멀미 핑계를 대며 안 가겠다고 버티자 아빠가 해 준 말이었다.

"그럼 언니도 멀미약 안 붙였어?"

"아니, 겁나서 붙였어."

내 말에 강물이랑 강산이가 낄낄대며 웃었다.

갑판으로 나오자 바람이 확 달려들어 머리를 마구 헝클었다. 강물이는 파마머리를 휘날리며 까치발을 한 채 새우깡 든 손을 하늘 높이 뻗었다. 갈매기는 더 높이 뻗은 강산이 손의 새우깡을 낚아챘다.

나도 새우깡 하나를 집었다. 처음엔 손가락 물까 봐 팔을 움츠리고 잔뜩 긴장했는데 새우깡만 쏙쏙 물고 가는 갈매기를 보자 점점 용기가 났다.

갈매기들은 하늘에 정지한 듯 떠 있다가 목표물을 향해 재빨리 하강했다. 새우깡을 물고는 순식간에 뒤쪽으로 쑥 물러났다. 그때마다 사람들은 환호성을 질러 댔다. 새우깡을 세 개째 집었을 때였다.

"이연주, 너 정말! 엄마는 너 찾느라고 정신없이 쏘다녔는데 넌 한가롭게 갈매기 밥 주고 있냐?"

엄마 고함 소리가 귀를 파고들었다. 돌아보니 얼굴이 시뻘게진 엄마가 씩씩대며 서 있었다.

"왜 소리는 지르고 야단이야. 내가 어린애야? 왜 따라다니면서 괴롭혀?"

도대체 왜 저러는지 모르겠다. 배 안에서 갈 데가 어디 있다고. 강물이랑 강산이 보기 너무 창피했다. 나는 인사도 못 하고 도망치듯 갑판을 뛰어 내려왔다.

침대로 올라가서 커튼을 치고 누웠다. 눈물이 쉴 새 없이 흘렀다. 혹시 계모가 아닐까? 친엄마라면 저렇게 따라다니며 창피 줄 리가 없다. 나를 친구들에게서 떼어 놓고 외톨이로 만들 리도 없다. 친엄마라면.

"연주야, 일어나 봐."

커튼 너머에서 엄마 목소리가 들렸다. 아까와는 딴판으로 부드러웠다.

"좀 전엔 내가 미안했어. 아까도 그렇고……. 아무리 갈 곳 없는 배 안이라지만 우리나라 사람만 있는 게 아니잖아. 사고도 생길 수 있고. 그리고 요즘 네가 툭하면 죽고 싶다고 소리쳤잖아. 너무 걱정돼서 나도 모르게 목소리가 커진 거야. 어서 일어나 봐."

나는 꼼짝 않고 누워 있었다. 죽고 싶다고 소리친 건 엄마의 어이없는 행동들 때문에 속이 터질 것 같아 그런 거지 진짜 죽을 생각은 없다. 엄마는 그것도 구분 못 하는 걸까.

"너한테 할 말 있으니까 엄마 침대로 내려와 봐."

할 말? 저번에 아빠가 말한 그 계획이란 건가? 좀 더 버티고 싶었지만 궁금해서 슬며시 일어났다.

"너 휴대전화 갖고 싶지?"

역시 휴대전화였구나. 나는 재빨리 고개를 끄덕였다. 친구들과 수시로 하던 문자랑 카톡을 끊으니 답답해서 미칠 지경이었다. 아무도 없는 섬에 혼자 뚝 떨어진 느낌이었다.

휴대전화가 있다 해도 이젠 날나리 클럽 친구들에게 연락할 자신도 없지만, 그래도 갖고 싶다. 세상을 볼 수 있는 유일한 창이니까.

"여행 기간 동안 엄마가 낸 숙제 다 하면 휴대전화 다시 해 줄게."

헉, 숙제라니! 학교랑 학원 숙제만으로도 숨이 막힐 지경인데 남의 나라까지 와서 숙제를 하라니. 완전 어이 상실이다.

"그 표정은 뭐니? 아직 숙제가 뭔지 말도 안 했잖아. 네가 그렇게 싫다면 할 수 없지 뭐. 관둬."

엄마가 포기한 듯 몸을 일으켰다.

"알았어. 숙제가 뭔데?"

"걱정 마. 어려운 거 아니니까."

엄마가 녹색 표지의 책 한 권을 내밀었다.

“읽고 꼭지마다 빈 공간에 네 생각을 달아. 그래야 네가 정말 읽었는지 알 수 있으니까.”

제목도 없는 책은 그다지 두껍지 않았다.

책장을 넘겼다. 그런데 보통 책이랑 달랐다. 인쇄한 것이 아니라 손으로 눌러 쓴 거다. 책이라기보단 꼭 누군가의 일기를 그대로 복사해서 제본한 것 같았다. B5 사이즈의 공책을 A4 용지에 복사했는지 주위에 공백이 많았다.

“그래, 일기장이야. 네 또래가 쓴 거지.”

세상에 남의 일기를 읽으라니, 엄마가 제정신일까.

“보면 도움이 될 거야. 다른 애들은 어떤 생각을 하며 어떻게 사는지도 알 수 있을 테고. 주인한테 허락받은 거니까 다른 걱정은 안 해도 돼.”

내 또래 애들이 어떤 생각을 하며 사는지는 이미 잘 안다. 엄마만 모를 뿐이다. 그게 문제지만 엄마는 내가 문제라고 생각한다. 답도 없고 길도 없다.

“어떻게 남의 일기를 읽으라고 할 수 있어? 이건 나쁜 거잖아. 남의 사생활을…….”

“그렇게 도덕적인 애가 행동은 그 모양이었니?”

엄마가 탁 쏘았다. ‘그 모양이었니’에 엄마 마음이 모두 담겨 있었다. 타박, 절망, 분노……. 나는 입을 꾹 다물었다.

"하기 싫음 안 해도 돼. 억지로 시킬 맘 없어. 네가 이러든 저러든 관심도 없고. 너한테 이미 질릴 대로 질렸으니까."

또 시작이다. 저런 식으로 말하면 내가 죄책감으로 쪼그라들 거라고 생각하는 모양이다. 하지만 한참 잘못 짚었다. 엄마도 알아야 한다. 아무리 좋은 것도 과하면 독이 된다는 걸. 엄마의 비꼬며 상처 주는 저 지겨운 방법은 이제 내게 아무런 상처가 되지 않는다는 걸. 오히려 내 반항심만 키울 뿐이다. 그리고 반항심은 나를 용감하게 만든다.

"아빠랑 네가 하도 휴대전화 타령을 하기에 생각해 본 거야. 누군 뭐 좋아서 이러는 줄 알아. 다시 말하지만 엄마도 억지로 시킬 맘은 없어. 전혀!"

엄마가 내 손에서 일기장을 낚아챘다. 여행 가방 속에 쑤셔 넣고는 휙 돌아선다. 휴대전화가 내 품에서 영영 떠나는 기분이다.

"알았어. 할게. 대신 약속대로 휴대전화는 꼭 다시 개통해 줘."

"나는 약속 안 지킨 적 없다."

엄마가 일기장을 돌려주며 말했다.

"생각 쓰는 거 짧아도 되지?"

"그래. 네가 정말 읽었는지를 확인하기 위한 거니까."

좋아, 대충 읽고 휴대전화나 되찾자.

"그리고 한 가지 더! 이왕 이렇게 왔으니까 여행 기간 동안은 휴전 하자. 우리만 있는 것도 아니고, 동행하는 사람들 생각도 해야지."

그건 엄마가 할 말이 아닌 것 같다. 배에 탄 후로 일방적으로 소리치고 화낸 사람은 엄마지 내가 아니다.

"이런 여행, 예전부터 오고 싶었어. 아빠가 못 오게 돼서 이번엔 포기하고 다음에 올까도 생각했는데 그냥 오기로 했어. 네가 불편할 거 알면서도. 하지만 너만 불편한 거 아냐. 나도 네가 불편해. 아주 많이 불편해. 그러니까 서로 조금씩 양보하자."

'난 엄마가 먼저 건드리지만 않으면 돼. 그럼 우리는 싸울 일도 얼굴 붉힐 일도 없어.'

이렇게 말하고 싶은 걸 꾹 참았다. 그냥 말없이 고개만 끄덕였다.

"좋아! 그럼 휴전, 서로 약속한 거다."

엄마는 이렇게 말하고 활짝 웃었다. 그렇게 하면 정말 밝고 즐거운 여행이 될 수 있을 것처럼. 아님 웃는 연습이라도 하는 걸까.

"이제 식당으로 가자, 저녁식사 할 시간이야."

나는 엄마를 따라 객실을 나섰다. 일 년 전의 얌전한 이연주로 돌아온 것처럼.

북한군도 무서워하는 것

웅성거림에 눈을 떴다.

다인실 방이 사람들 소리로 왁자했다. 옷을 갈아입느라 부스럭대는 소리, 도란거리는 소리, 발자국 소리……. 어휴, 시끄러워. 나는 돌아누우며 귀를 막았다.

"연주야, 그만 일어나. 아침 먹으러 가자."

차르르, 커튼을 젖히는 소리와 함께 엄마 목소리가 다가왔다.

"단체 식사라 시간 지나면 못 먹는대. 어서 일어나."

하는 수 없이 몸을 일으켰다. 그새 맞은편 침대는 텅 비어 있었다.

세수를 하고 엄마랑 식당으로 갔다. 배식을 받은 뒤 빈자리를 찾아 두리번거렸다.

“애기 엄마! 여기, 이리 앉아요.”

할머니 한 분이 우리를 향해 손을 흔들었다. 명찰을 보니 우리랑 같은 탐방단이다.

“할머니, 눈썰미가 좋으세요. 어제 잠깐 뵈었는데 금방 알아보시고. 연세가 어떻게 되세요?”

엄마가 식판을 내려놓으며 물었다.

“아주 많다우. 일흔아홉.”

“어머 정말요? 그렇게 안 보이세요.”

“팍 늙었는데 뭐, 암튼 고맙수. 예쁜 딸하고 왔나 보네. 나도 딸들이랑 왔다우. 이쪽은 큰딸, 여긴 작은딸.”

할머니가 옆에 앉은 두 아주머니를 소개했다. 둥글넓적한 얼굴이며 아래로 처진 눈매가 할머니랑 똑 닮았다.

“정말 보기 좋아요. 그런데 힘들지 않으시겠어요? 탐방단은 여행보단 공부가 목적이라 성도 오르고 많이 걷는다는데요.”

“우리 어머니 환자예요, 중증 환자.”

큰딸 말에 나도 엄마도 눈이 동그래졌다.

“공부 중독증 환자!”

작은딸이 깔깔대며 말했다. 그제야 엄마가 까르르 웃었다.

“역사 공부를 얼마나 좋아하시는지. 여기도 엄마 때문에 어쩔 수 없이 왔어요. 언니랑 나는 엄마 안 닮았나 봐. 공부라면 머리부터 아파."

"학생 앞에서 잘한다."

할머니가 혀를 차며 내 목에 걸린 명찰을 들여다봤다.

"연주는 차분하니 공부 잘하게 생겼는데, 내 말이 맞지?"

할머니가 나랑 엄마를 번갈아 보며 웃었다.

"처지진 않아요. 초등학교 내내 회장을 도맡아 했고요. 지금도 회장이긴 한데……. 모르겠어요. 예전엔 말도 잘 듣고 정말 예쁜 딸이었는데 친구를 잘못 만나더니……."

엄마가 말꼬리를 흐리며 나를 힐끗 봤다. 그러다 얼른 덧붙였다.

"중학생 되면 사춘기 온다더니, 그래서 그런지 저를 많이 힘들게 하네요. 사사건건 부딪치고."

"연주 엄마, 북한군이 왜 우리나라에 못 쳐들어오는지 아우?"

할머니의 갑작스런 질문에 엄마는 눈을 멀뚱거리며 생각에 잠겼다. 도대체 언제 적 유머람. 그래도 엄마의 불평주머니를 막아서 다행이다.

"중2들 때문이랍디다. 그맘때는 세상에 무서울 게 없대. 그러니 댁도 조심하슈. 북한군도 무서워하는 딸내미랑 싸울 생각 말고, 그저 살살 달래면서 넘기시구랴."

할머니 말에 엄마가 숟가락을 든 채 웃었다. 그 바람에 숟가락에 담긴 국물이 탁자 위로 찔끔찔끔 떨어졌다. 하나밖에 없는 딸을 북한군보다 무서운 존재로 만들어 놓고 저렇게 웃음이 나올까.

"그런 건 또 어디서 들으셨대? 아무튼 우리 엄마, 모르는 게 없다니까."

두 딸도 웃음보가 터진 모양이다. 하하호호 신바람이 났다.

문득 승미 생각이 났다. 승미는 중학생이 되어 처음 사귄 친구다. 엄마는 잘못 사귄 친구라고 생각하지만, 내게는 등대 같은 존재다. 승미를 몰랐다면 내 중학 시절은 입학 무렵의 그 지옥 같은 생활의 연속이었을 거다.

그 시절, 난 외톨이였다. 하필이면 아는 얼굴 하나 없는 학교로 배치된 탓이었다.

"제발 낙원중으로 배정되면 좋겠다. 그 학교 진짜 좋대. 히히, 게다가 남녀공학이잖아."

"초록여중만 아니면 돼. 거긴 규율도 빡세고 무지 힘들대."

아이들이 중학교에 대해 떠들 때도 난 전혀 관심을 두지 않았다. 우리 학교 졸업생의 50~60%는 새로 생긴 학교로 배정되었고, 정보력 좋은 엄마도 우리가 살고 있는 주소지의 학생들은 100% 그 학교로 배정된다고 했기 때문이다. 그럼 한 반에 8~9명 정도는 우리 학교 애들일 터였다.

초록여자중학교.

배정표를 본 순간 나는 남의 걸 잘못 받아 왔구나, 했다. 하지만 몇 번을 봐도 내 거였다. 이럴 수는 없어! 내가 왜 초록여중이야? 현기증이 일면서 속이 울렁거렸다. 다섯 개나 되는 학교 중에 하필 초록여중이라니.

"그 학교 가면 무다리 돼서 졸업한대. 매일 오르막길을 걸으니까 장딴지에 주먹만 한 알통이 생긴다더라."

"그건 약과지. 우리 학교에서 겨우 5~6명만 배정되잖아. 그 학교 몇 반인지 아니? 7반까지 있어. 운이 좋으면 몰라도 아는 애 한 명 없는 교실에 외로운 섬이 될 확률이 90%란 말이지. 으, 생각만 해도 끔찍하다."

아이들이 떠들어 대던 말이 새록새록 떠올랐다. 주저앉아 엉엉 울고 싶었다.

"차라리 잘됐어. 너야 뭐 어딜 가든 잘 하니까. 엄격한 규율 땜에 흔히 말하는 일진이니 뭐 그런 폭력 서클도 없대. 공부도 엄청 빡세게 가르치고."

나와 달리 엄마는 기쁜 모양이었다.

"오르막 같은 건 걱정 안 해도 돼. 지금처럼 엄마가 자동차로 등하교 다 시켜 줄 거니까. 친구도 한두 명쯤이야 같은 반 되겠지 뭐. 안 되면 또 어때. 새로 사귀면 되지."

엄마는 모든 게 자신만만했다. 하지만 엄마 일이 아니니까 저렇게 쉽게 말하지, 하는 생각밖에 안 들었다. 그리고 내 걱정은 곧 현실이 되었다. 우리 반 32명 중 내가 아는 애는 단 한 명도 없는, 지옥 같은 여중 시절이 시작된 거다.

"연주야, 다른 애들도 친구 사귀려고 야단일 거야. 그러니까 네가 먼저 마음에 드는 애 콕 찍어서 다가가. 너 싫다고 하는 애는 없을 거야."

엄마의 조언에 힘을 얻어 친구 사귀기를 시도해 보기도 했다.

"난 이연주야. 짝꿍이니까 앞으로 친하게 지내자."

"응, 반가워. 나는 김미진이야. 잘 지내자."

하지만 거기서 끝이었다. 짝꿍은 뒷자리에 앉은 애랑 같은 학교를 나온 모양이었다. 화장실도 급식실도 그 애랑만 다녔다. 내가 비집고 들어갈 틈이 없었다.

다음으로 점찍은 애는 예쁘고 똑똑해 뵈는 애였다. 이번엔 인터넷에서 새 친구 사귀는 법까지 검색하며 철저히 준비했다.

<새 친구 사귀는 법>

1. 웃으며 먼저 다가가기

  · 주의점 : 꼭 웃어야 함 주의점2 : 너무 웃으면 미친X 취급당함

2. 좋아하는 연예인 들먹이며 다가가기 - 공감대 형성 100%, 친밀감 100%

· 주의점 : 노땅 연예인은 안 됨. 유행하는 아이돌 그룹 최고

3. 귀 기울여 들어 주기 - 자기 말만 하는 애는 누구나 싫어함

4. 나대지 않기 - 신입생 때 나대면 선배들에게 찍힘. 괴로운 중딩 시절 당첨

2번이 마음에 걸렸다. 성공 확률이 가장 높아 보이지만 아쉽게도 나는 특별히 좋아하는 연예인이 없다. 할 수 없이 요즘 인기 있는 아이돌 그룹을 검색해서 공부했다. 짬짬이 노래도 들었다. 그러다 보니 정말 좋아지는 것 같기도 했다.

모든 준비가 끝나자 기회를 노렸다. 드디어 체육 시간, 그 아이가 혼자 운동장으로 향했다. 나는 재빨리 뒤쫓았다.

"너 최유리지? 반가워. 난 이연주야. 어느 학교 나왔어? 난 미동초."

나는 주의 사항을 떠올리며 말하는 동안 적당히 웃는 것도 잊지 않았다.

"난 양지초등학교."

"그렇구나. 좋아하는 가수 있어? 난 천지개벽이 좋더라."

'와, 그래? 나도 천지개벽 좋아하는데!'

이제 이렇게만 나오면 끝이다. 그럼 난 그들 노래 중 한 곡을 흥얼거리며 자연스레 노래 얘기를 시작할 거다.

"그러니? 난 '투게더'가 좋던데……."

정말 어이없는 순간이었다. 투게더란 그룹은 들어 본 적도 없었다. 왜 이리 엇박자냐고!

“아, 그렇구나. 우리 앞으로 친하게 지낼래?”

“그러자.”

그걸로 끝이었다. 공감대 형성에 실패했고, 더 이상 할 말도 없었다. 그 후로 마주치면 웃으며 서로 손을 흔들었지만 어색해서 어느 순간부터 슬쩍 피해 다니게 되었다.

학기 초에 절친 그룹을 만들지 못하면 학년 내내 찌질이처럼 혼자 다녀야 한다. 그게 끔찍해서 더 열심히 애썼다. 덕분에 서너 명은 휴대전화 번호도 주고받을 만큼 친해졌다. 하지만 카톡에 답장을 못 하자 금방 멀어졌다. 답장을 안 한 게 아니라 못 한 거라며 이유를 설명했지만 모두 이해가 안 된다는 표정이었다. 그렇게 나는 중딩 첫 학기를 절친 그룹은커녕 단짝 한 명 만들지 못한 채 보냈다. 자존심 상하고 힘 빠지는 날들이었다.

‘그래, 차라리 시크하게 혼자 다니자. 뭐 어때.’

마침내 나는 마음을 비웠다. 아니 포기했다. 그 무렵 새 짝꿍이 된 아이가 바로 승미였다.

“연주야, 이연주!”

누군가 팔을 툭 쳤다. 엄마가 식판을 들고 나를 내려다보고 있었다. 그제야 나도 얼른 빈 식판을 들고 일어섰다.

“우리는 휴게실에서 커피 마실 건데, 너도 같이 갈래?”

나는 고개를 저었다. 말 많은 어른들 사이에 껴 봐야 질겅질겅 씹히는 껌 신세 될 게 뻔했다.

엄마는 내가 가방 정리를 하고도 한참이나 지나서 왔다.

“공중할머니 재밌는 분 같아.”

내 말에 엄마가 “누구?” 하는 표정을 지었다.

“공부 중독증 할머니 말이야. 줄여서 공중할머니.”

그제야 엄마가 고개를 끄덕이며 웃었다.

“자, 대련항에 도착했습니다. 모두 짐을 챙겨 휴게실로 나오세요.”

탐방단 인솔 강사가 다인실을 돌며 말했다.

우리는 출국할 때처럼 비자 순서대로 두 조로 나눠 줄을 섰다. 배에서 내려 셔틀버스를 타고 입국심사대로 향했다. 군복을 입은 중국 공안들을 보자 정말 중국이구나 싶으면서 가슴이 벌렁거렸다. 무사히 심사대를 통과하자 안도의 숨이 다 나왔다.

밖으로 나오자 ‘푸르미 탐방단’이란 현수막을 든 현지 가이드가 활짝 웃으며 우리를 맞았다. 긴 생머리의 여자 가이드였다. 가이드의 안내를 받으며 여행 가방을 짐칸에 싣고 여행사 버스에 올랐다.

“앞자리에 앉아야 설명을 잘 들을 수 있어.”

엄마가 앞에서 두 번째 좌석으로 나를 밀어 넣으며 말했다.

머리가 핑 돈다. 그동안 포기했던 엄마의 '공부 닦달병'이 다시 도진 모양이다.

뒤따라온 강산이랑 강물이가 나를 보고 손을 흔들며 우리 뒷자리에 앉았다.

"안녕하십니까. 먼 길 오시느라 고생 많으셨습니다. 저는 5박 6일간 여러분의 편안한 여행을 책임질 가이드 김선미입니다. 고향은 연변(옌벤)이고, 이민 3세 조선족입니다……. "

가이드는 가녀린 몸에 비해 목소리가 괄괄하고 시원시원했다.

창밖으로 빨간 글씨의 간판들이 휙휙 지나갔다. 중국 사람들은 빨간색을 어지간히 좋아하는 모양이다. 촌스럽게 간판이 모두 핏빛이다. 글씨체도 한 가지 모양이다. 그 간판들을 보니 진짜 중국 땅에 와 있구나 싶었다.

드디어 마이크가 꺼지나 싶었는데 이번엔 강사라는 남자가 마이크를 잡았다.

"안녕하세요. 이번 일정 동안 역사 강의를 맡은 심오한입니다. 이번에 우리가 둘러볼 곳은 동북삼성지역입니다. 요녕(랴오닝)성, 길림(지린)성, 흑룡강(헤이룽장)성 이 세 곳을 동북삼성지역이라고 하는데 흔히 만주라고 부르는 곳입니다. 이곳은 우리 조선족이 가장 많이 사는 곳입니다……."

강사의 목소리는 낮고 차분하고 거침이 없었다. 전문가 기운이 물씬 풍겼다. 5박 6일간 쉼 없이 역사 속으로 몰아넣을 기세다.

아, 지루한 역사! 아빠의 달콤한 꼬임에 넘어 가는 게 아니었다.

석성을 오르며

점심은 코리아타운의 한식당에서 먹었다. '시골집' 같은 한글 간판들이 즐비한 데다 집도 한국식이라 중국 땅이란 느낌이 전혀 들지 않는 곳이었다. 겉절이, 부침개, 생선구이, 감자볶음……. 음식도 진짜 한식이었다.

"우리 입맛엔 안 맞는다더니 맛만 좋네. 이럴 줄 알았으면 반찬 안 싸 오는 건데."

공중할머니의 큰딸이 김치찌개를 떠먹으며 말했다.

"이쪽은 우리 동포들이 많이 사는 곳이라잖아요. 그래서 입맛도 비슷한가 봐요."

엄마의 말에 사람들이 고개를 끄덕였다.

맛있게 먹고 식당을 나오는데 입구에서 아저씨가 대추를 팔고 있었다.

"세상에, 우리나라 대추 세 배는 되네. 달기도 엄청 달고. 이거 씻어서 사람들 좀 나눠 줘라."

공중할머니가 대추를 한 봉지 사서 작은딸에게 내밀었다. 작은딸은 식당에서 대추를 씻어서 탐방단원들에게 한 주먹씩 집어 주었다. 여기저기서 고맙다며 와작와작 베먹었다. 엄마에게 떠밀려 나도 억지로 한입 베먹었다. 입안 가득 단맛이 퍼졌다. 대추가 이렇게 달다니.

"여러분, 점심 맛있게 드셨습니까?"

가이드의 말에 사람들이 "네-." 하고 합창을 했다.

"다행입니다. 이제 석성을 보러 갈 텐데요, 미리 주의 사항을 말씀드리겠습니다. 중국에선 유적지로 들어선 순간부터 태극기나 한글로 된 현수막, 깃발 이런 거 들고 사진 찍는 거 금지입니다. 무시하고 찍었다간 카메라는 당연히 압수되고, 출국도 못 할 수 있습니다. 저는 가이드 자격 박탈됩니다. 그러니 현수막이나 깃발 같은 거 절대로 꺼내지 마십시오. 특히 백두산에서는 더더욱 안 됩니다. 아예 차에서 갖고 내리지도 마십시오. 큰일 납니다."

가이드의 단호한 말에 사람들이 웅성거렸다. 가이드가 이유를 설명하려는데 강사가 가이드에게 귓속말을 했다. 가이드가 고개를 끄덕이며 마이크를 넘겨주었다.

"그렇잖아도 제가 이런저런 설명을 좀 드리려고 했습니다. 밖이 더우니까 유적을 보면서 해야 하는 설명 외엔 되도록 버스 안에서 강의를 진행하도록 하겠습니다. 조금 전에 가이드님이 말씀하신 규정은 우리 한국 사람들에게만 적용됩니다. 왜 그런지 궁금하시죠? 바로 동북공정 때문입니다. 동북공정에 대해 다들 들어 보셨을 텐데, 이건 중국 정부에서 진행하는 프로젝트입니다……."

어우, 지루해. 완전 역사 시간이네. 여행 내내 이렇게 교육만 하는 건 아니겠지.

슬슬 졸음이 몰려왔다. 하품을 하다가 엄마랑 눈이 마주쳤다. 엄마가 눈을 치뜨며 노려봤다.

"너한테 꼭 필요한 것들이니까 잘 들어."

어쩔 수 없이 눈을 비비며 억지로 정신을 차렸다.

"동북삼성지역은 고조선, 고구려, 발해, 부여의 활동 무대였습니다. 그러니까 동북공정은 바로 이 나라들을 중국의 역사로 편입시키려는 작업입니다. 이것은 간도(젠다오)와 백두산에 대한 중국령 수호라는 중요한 문제 때문인데, 한국인에게 원천적으로 접근을 차단하고 더불어 관광 수입을 확보하려는 의도……."

아, 졸려 미치겠다. 잠깐만 눈을 감자.

요란한 박수 소리에 눈을 번쩍 떴다. 드디어 끝난 건가. 이제 편히 잘 수 있겠네.

"넌, 이런 좋은 강의에도 잠이 오니? 정말 실망스럽다. 내가 준 숙제는 언제 할 거니? 오늘이 벌써 여행 이틀째야. 5박 6일이 그렇게 긴 시간은 아닐 거다."

엄마의 한마디 한마디가 가시처럼 따끔거리며 가슴에 박혔다. 잠이 확 달아났다.

보란 듯이 무시하고 그냥 자 버릴까? 그럼 엄청 열받겠지. 당연히 내 휴대전화는 날아가는 거고. 쩝, 하는 수 없이 배낭에서 일기장을 꺼냈다. 내가 왜 여기까지 와서 듣지도 보지도 못한 애의 일기를 읽고 있어야 하는지.

눈을 감은 채 두 손으로 일기장을 잡고 아무 데나 펼쳤다. 공부하기 싫을 때 자주 쓰는데 꽤 괜찮은 방법이다. 특히 고사성어 같은 건 유래와 예문이 짧게 나오기 때문에 굳이 순서대로 볼 필요가 없다. 이 방법은 "이번엔 어떤 내용이 걸릴까?" 약간의 흥분과 기대감을 갖게 한다.

나는 눈을 뜨고 펼쳐진 쪽을 봤다. 이런, 잘못 골랐다. 내용이 길다.

5월4일

엄마, 오늘은 감동스럽기도 하고 속상하기도 한 날이었어.

학교에서 돌아오니까 동생들이 골목에서부터 엄청 반기는 거야. 알고 보니 선물 때문이었어. 아침에 아빠가 다녀갔대. 내일이 어린이날이라고 우리들 선물을 놓고 갔대. 그런데 할머니가 내가 오면 함께 풀어 보자고 했던 거야.

엄마, 내가 젤 먼저 든 생각이 뭔지 알아?

"아빠가 갑자기 왜 이러시지?"

여태 아빠가 어린이날이란 걸 챙긴 적이 없었잖아. 나도 동생들도 당연히 그런 건 텔레비전 드라마에서나 챙기는 거라고 생각했지. 게다가 난 이제 어린이라고 하긴 좀 그런 나이잖아. 그렇다고 선물이 싫은 건 아냐. 좋아, 너무 좋아. 그런데 너무 뜻밖이라 적응이 안 되는 거지 뭐.

아무튼 할머니가 찬장에다 꽁꽁 숨겨 뒀던 선물 봉지를 마루에 펼쳐 놓았어. 맘먹고 준비했는지 우리 다섯 명 선물이 다 있더라고. 크레파스, 연필 세트, 공책……. 할머니는 아빠가 일러 준 대로 동생들에게 각자의 선물을 나눠 주었어. 내 거는 머리띠더라고. 까만 테 한쪽에 나비 모양 큐빅이 박힌 건데 정말 예뻤어. 그거 받고 눈물이 찔끔 날 만큼. 요즘 한창 유행하는 거였는데, 엊그제 짝꿍 지수도 그 머리띠를 하고 와서 되게 부러웠거든. 너무 좋아서 팔짝팔짝 뛰다가 벙시레 웃고 있는 할머니랑 눈이 마주쳤어.

"할머니, 할머니 건?"

할머니가 히죽 웃으며 분홍색 꽃무늬 블라우스를 흔들어 보였어. 할머니도 되게 좋은가 봐. 그렇게 활짝 웃는 모습 처음이었어. 그런데 영미가 갑자기 내 머리띠를 자기 머리핀이랑 바꾸자는 거야. 싫다는데도 내 머리띠를 움

켜잡고 안 놓지 뭐야. 보다 못해 할머니가 빗자루를 들었는데 끄떡도 안 해. 걔 고집 알잖아. 징징 울면서 매달리고……. 결국 주고 말았어.
그런데 영미 머리에 꽂힌 머리띠를 볼 때마다 화가 나. 영미도 밉고, 주고 나서 아까워하는 나도 싫고.
엄마, 나 참 바보 같지? 내 생각에도 난 멍청하고 한심해. 그런 내가 너무 싫어.

엥, 이게 일기야, 편지야? 하긴 뭐든 무슨 상관이람. 그런데 뭐라고 적지? 나는 잠시 생각하다 펜을 들고 글 밑에 화살표를 한 뒤 내 생각을 적었다.

→ 어이없다. 그깟 머리띠 똑같은 걸로 하나 더 사면 될걸. 그런데 영미란 애 되게 싸가지 없다. 저런 동생 있으면 무지 짜증 나겠다. 나도 동생이 있었으면 좋겠다고 생각했었는데 이런 동생이라면 싫다. 차라리 없는 게 낫다.

버스가 한적한 시골길로 접어들었다. 그런데 툭하면 후진이다. 좁은 길에서 후진하려니 가이드가 수시로 내려서 뒤를 봐 준다. 내비게이션을 달고도 길을 잘못 들다니. 땅이 넓어서 자세한 정보 입력이 어려운 걸까. 그 바람에 예상보다 삼십 분 늦게 목적지에 도착했다.

버스에서 내리자 길게 뻗은 성벽이 눈에 들어왔다. 탐방단이 저마다 감탄사를 쏟아 냈다.

"여러분, 질문 하나 드립니다. 우리나라에도 여장군이 있었을까요?"

강사의 질문에 사람들은 고개를 갸웃거리며 서로 눈치만 살폈다.

"있었습니다. 그런데 누군지는 묻지 마십시오. 그냥 찍었으니까."

대머리 아저씨의 말에 사람들이 웃었다.

"네, 잘 찍었습니다. 우리나라에도 여장군이 있었습니다. 연개소문의 동생, 연수영 장군입니다. 연 장군은 지금 보고 계시는 이 석성의 성주로 해군 사령관이었습니다……."

헉, 해군 사령관! 정말 대단하다. 하지만 남자들 속에서 생활하려면 엄청 힘들었겠단 생각부터 든다.

"고구려가 당시 안시성 싸움에서 승리할 수 있었던 것도 사실은 연수영 장군 덕분입니다. 비사성과 이곳 석성의 성주로 있으면서 당나라 군사들이 더 이상 고구려로 상륙하지 못하도록 막음으로써 그들의 식량 보급을 끊었기 때문이죠……."

강사는 한참을 더 설명한 뒤 드디어 성벽을 따라 올라가기 시작했다.

넓게 뻗은 길은 이내 산속으로 이어졌다. 우거진 나무들이 뜨거운 해를 가려 주긴 했지만 더운 공기 탓에 금세 온몸이 땀으로 젖었다.

거의 한 시간여를 올라 점장대란 곳에 도착했다. 전투 지휘소인 점장대는 성에서 가장 높은 곳에 위치한단다. 그래선지 솔솔 불어오는 바람이 순식간에 더위를 몰아냈다.

"이곳은 고구려 성의 특징이 잘 남아 있습니다. 자연 절벽을 성벽으로 이용했고, 그 아래로 계곡이 흘러 해자 역할을 하고 있습니다. 하지만 최근에 새로 복원한 성벽이나 건물들을 보면 중국식으로 바뀌고 있습니다……."

지겨운 강의, 강의. 하지만 엄마는 강사 옆에 바짝 붙어서 고개를 끄덕이기도 하면서 열심히 메모까지 한다. 역사 강의가 정말 재밌는 모양이다.

"강사님, 중국의 뜻대로 동북공정이 성공하면 어찌 되는 건가요?"

누군가 물었다.

"그리 되면 우리 고조선의 단군이나 고구려의 광개토 태왕 같은 분들은 중국 지방 부족의 수장으로 전락하는 거죠. 그렇지요, 강사님?"

공중할머니가 혀를 차며 말했다.

"네, 맞습니다. 중국은 이미 서북공정이란 걸 통해 티베트를 중국의 역사로 편입시켰습니다. 하지만 우리가 이렇게 땀 흘리며 현장을 찾아와 잊지 않으려 노력하고 있지 않습니까? 여기 젊은 인재들도 있고요. 이렇게 노력하다 보면 막을 방법도 생기겠지요. 자, 저기를 보세요."

모두의 눈길이 강사 손가락 끝으로 미끄러졌다. 원래는 그쪽으로 시원하게 펼쳐진 요동 앞바다가 보인단다. 그래서 당나라 군사들의 이동로를 쉽게 파악할 수 있었단다. 하지만 지금은 성 아래 깔린 자욱한 안개 때문에 아무것도 보이지 않았다. 성벽을 따라 걸으며 좀 더 많은 설명을 들은 뒤 드디어 하산! 올라올 때는 몰랐는데 다리가 마구 후들거렸다.

"화장실 가실 분 다녀오세요. 단동(단둥)으로 이동하는 두 시간 동안 화장실이 없습니다."

인솔 강사의 말에 우르르 화장실로 향했다.

시멘트로 벽과 지붕만 얹은 화장실은 꼭 공사를 하다 만 것 같았다. 벽 양쪽 끝에 남자, 여자 그림이 찍힌 걸 보니 화장실이 맞긴 한 모양이다.

"여기선 항상 휴지를 갖고 다녀야 한대. 우리나라처럼 화장지 대롱대롱 매달린 화장실은 호텔 방뿐이래."

엄마가 휴지를 내 손에 쥐어 주며 말했다.

"엄마, 화장실이 이상해. 문도 없고 속이 뻥 뚫렸어. 으악, 더러워! 토할 것 같아."

강물이 목소리였다. 이내 얼굴이 시뻘게진 강물이가 밖으로 튀어나왔다.

내 차례가 되어서야 강물이가 왜 그랬는지 깨달았다. 세상에, 화장실 세 칸이 모두 문도 없이 뻥 뚫려 있었다.

"로마에 가면 로마 법을 따르란 말도 있잖아. 버스에서 쇼하고 싶지 않으면 어서 들어가."

내가 뭉그적거리자 엄마가 등을 떠밀었다. 재래식 화장실이라 변기 속도 뻥 뚫려서 오물이 그대로 보였다. 구역질이 올라왔다. 냄새도 독했다.

나는 화장실 밖으로 튀어나와서야 참았던 숨을 몰아쉬었다.

"하하, 경험 제대로 하는구나. 가끔 이렇게 타국에도 나와 봐야 한다니까. 그래야 우리나라 좋은 줄도 알고 애국심도 생기지."

공중할머니가 그런 나를 보며 껄껄 웃었다.

헬리콥터 맘

버스는 단동을 향해 쉬지 않고 달렸다.

넓은 아스팔트 도로는 텅 비어서 마치 우리가 전세라도 낸 것 같았다. 도로마다 자동차로 가득 찬 우리나라와는 정말 딴판이었다. 뻥 뚫린 길을 달리니 속까지 확 뚫리는 기분이었다.

창문 밖으로 보이는 건 온통 옥수수, 옥수수들. 어른 키보다 큰 옥수수들이 푸른 물결을 이루며 끝없이 펼쳐져 있었다. 도대체 저 많은 옥수수로 뭘 할까? 그때였다.

"가이드 언니, 저 옥수수들로 뭘 합니까?"

누군가 물었다. 궁금해서 소리 난 쪽으로 목을 뺐다. 엄마랑 내가 앉은 바로 맞은편 자리였다. 눈을 반짝이며 가이드를 보고 있는 사람은 바로 공중할머니. 할머니도 나랑 같은 생각을 했구나 싶어 웃음이 나왔다.

"단동은 옥수수 농사를 많이 짓는데, 그 이유는 단동 철교 때문입니다. 단동 철교는 중국과 북한 사이에 놓인 유일한 육로로 대부분의 무역이 이 다리를 통해 이뤄집니다. 단동의 옥수수도 이 다리를 통해 북한으로 수출됩니다. 나머지 옥수수는 대부분 사료용으로 쓰고, 기름도 짭니다. 또 술도 빚고, 일부는 대를 압축해서 합판을 만들기도 합니다."

할머니 덕분에 금세 궁금증이 풀렸다. 공부 중독증이라더니 그 말이 맞는 것 같다.

석성 답사가 힘들었는지 엄마는 코까지 골며 잠들었다. 조금 전까지도 창밖을 내다보며

"여기가 만주 벌판이구나. 우리 선조들이 말 타고 달린 그 벌판을 내가 달리고 있다니!"

하고 눈물까지 글썽이더니. 그러고 보면 엄마도 귀여운 구석이 있다.

갑작스런 등산에 다리며 온몸이 뻐근했다. 그런데도 잠은 오지 않고 정신은 또렷하기만 했다. 억지로라도 자 볼까? 의자 깊숙이 몸을 기대는데 강산이가 의자 틈새로 손을 쑥 내밀었다. 손바닥에 쪽지랑 사탕 두 개가 놓여 있었다.

"고마워."

사탕 하나를 까서 입에 넣으며 쪽지를 폈다. 쪽지엔 엄마랑 내가 사탕 하나씩을 입에 넣는 모습이 그려져 있었다. 강산이도 어지간히 심심한 모양이었다.

쪽지 그림을 보고 있자니 다시 승미 생각이 났다.

짝꿍이 되었지만 사실 승미는 내 관심 밖이었다. 내가 본 승미는 쉴 새 없이 공책에다 낙서나 해 대는 애였다. 공부를 잘할 것 같지 않았고, 그렇다고 잘 노는 타입도 아니었다. 한마디로 그저 그런 애였다. 게다가 수아, 민지랑 삼총사처럼 붙어 다녔다. 이미 꾸려진 절친 그룹엔 껴들기 어렵다는 걸 알기 때문에 더욱 무관심했는지 모른다.

"너희 엄마 헬리콥터 맘이지?"

짝꿍이 된 승미가 내게 한 첫 마디였다.

"그게 뭔데?"

"헬리콥터처럼 공중에 떠서 자식의 모든 걸 관리하고 감독하는 재수 없는 맘들 말이야."

'재수 없는'이란 말이 귀와 가슴에 콕 박혔다. 그 말은 '엄마'와 어울릴 수 없는 말이다.

"그 표정 뭐야? 재수 없는 맘이라고 해서 그래? 오해 마. 너희 엄마 보고 한 말 아니니까. 모든 헬리콥터 맘들을 말하는 거야."

승미가 무표정한 얼굴로 말했다. 하지만 목소리에 담긴 진심이 느껴졌다. 그 바람에 가슴에서 뾰족하게 올라오던 감정이 스르르 가라앉았다.

"무슨 말인지 잘 모르겠어."

승미와 단짝이 되고 싶다는 생각 따윈 전혀 없었기 때문에 나도 퉁명스럽게 말했다.

"항상 모든 걸 엄마가 결정한다고. 아이는 그저 시키는 대로 하는 로봇일 뿐이지. 한마디로 자기 의지로는 아무것도 못 한다는 거야. 자식을 인격을 지닌 독립된 존재로 보는 것이 아니라 자신의 일부라고 생각해서 그러는 거지 뭐."

'자기 의지', '인격', '독립된 존재'……. 승미 입에서 쏟아져 나온 낱말들은 몹시 낯설었다. 갑자기 승미가 달리 보였다.

"그런데 왜 우리 엄마를 헬리콥터 맘이라고 생각했어?"

"매일 너를 학교까지 태워 주시는 것 같더라. 학교 끝나면 또 데리러 오시고. 그래서 당연히 헬리콥터 맘이구나 생각했지. 그런 엄마들 대부분이 학원도 시간 맞춰 자동차로 태워 가고 태워 오고 그러거든. 뭐 아님 말고."

나는 아무 말도 하지 않았다. 아니, 할 수가 없었다. 듣고 보니 승미가 말하는 헬리콥터 맘은 딱 우리 엄마였다. 하지만 나는 한 번도 엄마가 나를 조종하고 있다거나, 내가 시키는 대로만 하는 로봇이란 생각은 해 본 적이 없었다. 어릴 때부터 줄곧 그래 왔고, 엄마니까 당연한 거라고 생각했다.

"그게 나쁜 건 아니잖아."

나는 진심으로 승미의 대답이 궁금했다.

"옳은 것도 아니라고 보는데? 네가 할 일을 엄마가 해 주고 있잖아. 넌 너고, 엄마는 엄마 아냐?"

승미는 이렇게 말하고 다시 종이에 뭔가를 그리기 시작했다.

짧은 대화였지만 승미는 내게 굉장한 인상을 남겼다. 어른들의 잘못을 지적할 수 있을 만큼 당찬 승미. 그때부터 나도 모르게 승미의 행동 하나하나에 눈길이 갔다.

하지만 그 후로도 나와 승미는 별다른 대화 없이 지냈다. 쉬는 시간이나 급식 시간엔 그들 삼총사끼리 몰려다녔기 때문이다. 그런 승미와 친해지게 된 건 국어 수업 때문이었다.

그날도 승미는 언제나처럼 수업 시간 내내 공책에 낙서를 했다. 아니, 낙서는 아니다. 그동안 지켜본 바로는 승미가 쉬지 않고 그리고 또 그리는 건 만화였다. 여러 컷의 만화일 때도 있고, 새로운 캐릭터를 그리기도 했다. 그리는 속도도 엄청 빨랐다. 볼펜을 몇 번 긁적거리면 날아오를 듯한 발레리나가 되고, 또 몇 번 긁적이면 고민하는 할머니가 되었다. 그건 나한테는 없는, 절대로 흉내 낼 수 없는 재주였다.

한참 설명하던 선생님이 "17번 일어나." 했다. 그런데 아무도 일어나지 않았다. 다음 순간 나는 그게 승미 번호란 게 떠올랐다. 그때 승미는 이제 막 그린 그림에 표정을 넣는 중이었다. 나는 승미의 옆구리를 툭 쳤다. 승미는 눈치가 빨랐다. 금방 자리에서 벌떡 일어났다.

"왜 이렇게 굼떠! 종류가 뭔지 말해 봐."

질문이 뭔지 모르니 승미가 대답을 할 수 없는 건 당연했다.

"설명문."

나는 책을 보는 척하며 승미 쪽을 향해 낮게 말했다. 승미는 이번에도 금방 알아챘다.

"네, 설명문이요."

승미는 무표정하게, 그러나 자신 있게 대답했다.

"넌 왜 한 박자씩 늦냐? 앉아."

승미는 자리에 앉자마자 공책에 "땡큐."라고 적어서 내 쪽으로 밀었다. 나는 "별말씀."이라고 적어 승미 쪽으로 밀었다. 승미가 나를 향해 빙그레 웃었다.

그 일로 우리는 금세 가까워졌고 휴대전화 번호도 주고받았다.

"이연주, 왜 어젯밤에 문자 씹었냐?"

휴대전화 번호를 교환한 바로 다음 날 승미가 물었다.

그제야 나는 여덟 시 이후엔 카톡이나 문자를 볼 수 없다는 얘길 안 했단 생각이 났다. 전화번호를 알려 주긴 했지만 무뚝뚝한 승미가 문자를 보낼 거라곤 생각도 못 했던 거다. 나는 승미가 오해하지 않도록 사실대로 내 사정을 설명했다.

"저녁 여덟 시부터 휴대전화 압수는 좀 심하다. 아니 많이 심하다."

"압수가 아니고, 그냥 거실 탁자에 내놓는 거야."

"그게 그거지. 시험 기간에만 그럼 몰라도 어떻게 매일 그러냐? 초딩도 아닌데."

승미는 이해할 수 없다는 표정이었다. 하지만 그건 스마트폰으로 바꾸면서 내가 엄마랑 한 약속이었다.

"솔직히 학교에선 휴대전화 사용 못 하잖아. 학교 끝나도 이 학원 저 학원 다니다 보면 밤에야 겨우 만질 수 있는데. 여덟 시부터면 쓰지 말라는 거나 마찬가지잖아."

승미가 이렇게 말했을 때 처음엔 아무렇지 않았다. 어차피 내가 엄마랑 약속한 거니까. 그런데 시간이 갈수록 승미의 말들이 불쑥불쑥 떠오르며 머릿속을 어지럽혔다. 남들도 다 사용하는 스마트폰인데 왜 나만 그래야 하나 싶었다. 한 번 그런 생각이 들자 생각은 자꾸만 가지를 쳤다.

마침내 어느 날 학원에서 돌아오는 자동차 안에서 조심스레 말을 꺼냈다.

"엄마, 나 중학생이잖아. 그러니까 휴대전화, 저녁에도 내가 갖고 있으면 안 돼?"

"중학생이니까 더 안 되지. 초등학교 때보다 더 열심히 공부해야 하잖아."

"내 방에 둬도 문자나 카톡 안 할 거야."

"안 하는데 뭐 하러 네 방에 둬? 거기 두나 거실에 두나 별 상관 없잖아."

"그냥……. 알람 맞춰서 내가 일어나기도 하고……."

"그래? 아주 좋은 생각이다. 엄마 방에서 알람시계 가져가, 됐지?"

엄마는 내 생각은 더 들어 볼 필요도 없다는 듯 시원스럽게 마침표를 찍었다.

실수다. 돌려 말하지 말고 승미처럼 직구를 날렸어야 했는데.

거실 탁자에 휴대전화를 놓고 방으로 들어오는데 왈칵 짜증이 밀려왔다. 바보 같은 나 자신에게 마구 화가 났다. 나는 짜증을 담아 방문을 확 닫았다.

"연주야 뭐 하니? 문 열어 놔야지."

바로 엄마 목소리가 날아왔다.

엄마는 늘 내 방문을 반쯤 열어 놓게 했다. 그리고 수시로 들여다보며 내가 뭘 하는지 살폈다. 여태 아무렇지 않던 그 일이 갑자기 짜증스럽게 느껴졌다.

'왜 꼭 열어 놔야 해? 여긴 내 방이고 내 공간이잖아.'

이런 생각이 콩나물 대가리처럼 머리를 쳐들었다. 치받고 싶다는 반항심도 부글거리며 끓어올랐다.

"싫어, 공부 하는 데 방해돼."

"거실에서 텔레비전을 보는 것도 아닌데 뭐가 방해돼?"

"아무튼 싫어. 내 방이니까 방문은 내 맘대로 할 거야."

나오는 대로 토해 내긴 했지만 가슴이 벌렁거렸다. 금방이라도 방문이 벌컥 열릴 것만 같았다. 역시 이내 방문이 활짝 열렸다. 나는 아무렇지 않은 척 가방에서 공책을 꺼냈다.

"엄마랑 얘기 좀 하자. 여기 앉아 봐."

엄마는 나를 잡아끌더니 침대에 나란히 걸터앉았다.

"도대체 왜 그래? 오늘 무슨 일 있었어?"

"아무 일 없었어."

"그런데 너답지 않게 왜 이래?"

나다운 게 뭘까. 엄마나 사람들에게 나는 어떤 모습으로 비춰질까.

"나다운 게 뭔데?"

"너 진짜 자꾸 이렇게 삐딱하게 나올 거야?"

엄마는 내가 놀리는 걸로 받아들였다. 땅이 꺼질 듯 한숨을 내쉬더니 방문을 활짝 열어 놓고 나가 버렸다. 다시 닫을까, 그대로 둘까. 그대로 두자니 엄마에게 지는 것 같았다. 그렇다고 닫자니 엄마가 무서웠다. 나는 조심스럽게 방문을 닫았다.

엄마에겐 그날이 딸의 이해할 수 없는 반항의 시작이었을 거다. 하지만 내게는 승미처럼 당당해지고픈 욕구의 시작이었다.

"자, 그만 일어나십시오. 단동에 도착했습니다."

가이드의 씩씩한 목소리가 고요한 버스 안을 흔들어 깨웠다.

압록강 철교

버스에서 내리니 벌써 주위가 어둑했다. 가이드를 따라 북한 식당으로 향했다.

둥근 식탁마다 8인분의 음식이 준비되어 있었다. 식탁 위에는 빙글빙글 돌아가는 유리판이 있고, 그 위에 여러 종류의 반찬과 밥, 국이 수북이 차려져 있었다.

"언니, 우리도 여기 앉자."

강물이가 강산이 손을 잡아끌며 내 옆자리에 앉았다. 강물이 엄마랑 아빠까지 앉자 두 자리가 비었다. 이내 그 자리는 머리를 노랗게 물들인 여자와 그 엄마가 채웠다.

"맛있게 드십시오."

강물이 아빠가 모두를 향해 말했다.

"네, 맛있게 드세요."

어른들은 서로 권하며 숟가락을 들었다.

유리판을 천천히 돌리며 각자 먹고 싶은 음식을 개인 접시에 덜어서 먹었다. 기름에 볶은 음식이 많았지만 대체로 맛있었다.

"강물아, 한꺼번에 많이 덜지 말고 조금씩 덜어. 그래야 안 남기지."

"엄마, 나도 알아."

강물이가 탕수육 두 조각을 옮겨 담으며 말했다.

"따님이죠?"

엄마가 노랑머리 언니 옆에 앉은 아줌마에게 물었다. 아줌마가 젓가락으로 감자볶음을 집으며 고개를 끄덕였다.

"대학생인가 봐요. 이제 손 갈 일도 없고 좋으시겠어요."

"아니에요. 이제 고2인 걸요."

아줌마의 말에 우리 식탁 사람들의 눈길이 일제히 노랑머리 언니에게 쏠렸다. 짙은 화장에 샛노란 머리, 누구라도 대학생이나 직장인쯤으로 봤을 거다.

"방학 때만 허락했어요. 요즘 애들은 너도나도 염색하고 화장하고 그러잖아요."

아줌마는 여전히 웃고 있었지만 얼굴이 빨갛게 달아올랐다. 그런데도 노랑머리 언니는 남 얘기인 양 볶은 고기 조각을 입에 넣고 맛있게 우물거렸다. 저렇게 웃고 있지만 아줌마도 우리 엄마처럼 엄청 속 끓이는 중이겠다. 나는 애써 노랑머리 언니에게서 고개를 돌렸다.

식탁에 어색한 정적이 흘렀다. 다행히 그때 식당 문이 활짝 열리고 한복을 곱게 차려입은 북한 아가씨들이 들어왔다.

“반갑습니다, 반갑습니다—.”

우리에게도 익숙한 노래로 공연이 시작되었다. 고음이라 좀 불편하게 느껴지긴 했지만 목소리가 정말 간드러졌다. 어떻게 저런 소리를 낼 수 있을까. 창법이 똑같은 걸 보면 그렇게 훈련을 받는 모양이다.

그들은 노래마다 다른 춤을 선보이며 거푸 몇 곡을 불렀다.

“언니, 북한 여자들 진짜 예쁘다.”

예쁜 사람만 뽑았겠지만 다들 정말 예쁘긴 하다. 강물이도 나처럼 북한 사람을 직접 보는 게 신기한 모양이었다. 눈을 떼지 못했다.

식당을 나오자 색색의 조명으로 화려하게 치장한 두 개의 철교가 압록강 위로 길게 뻗어 있었다. 탐방단은 철교를 배경으로 사진을 찍어 댔다.

“저 다리가 북한의 신의주와 중국 사이를 연결하는 단동 철교입니다. 왼쪽의 온전한 다리는 아직도 중국·북한 간에 화물이 운송

되는 다립니다. 다른 하나는 한국전쟁 때 폭격으로 끊어졌습니다. 자, 다 보셨으면 그만 탑승하세요. 다음 장소인 집안(지안)까지는 다섯 시간이나 걸립니다. 출발이 늦어지면 호텔 도착 시간도 늦어집니다."

가이드가 목청을 높이며 재촉했다. 다섯 시간이란 말에 다들 비명을 지르며 버스에 올랐다.

인원 점검이 끝나자 강사가 마이크를 잡았다.

"여기서는 단동 철교라 부르지만 우리나라에선 압록강 철교라 부릅니다. 6·25전쟁 때 끊어진 다리가 먼저 건설된 다린데, 이 다리는 손기정 선수와 관련이 있습니다. 일제 강점기 때 일장기를 달고 베를린 올림픽 마라톤 경기에 참가해서 일등한 손기정 선수 아시죠?"

사람들이 "예-."라고 대답했다.

"손기정 선수가 태어난 곳이 바로 신의주입니다. 집이 가난해서 소학교를 졸업한 뒤 열여섯 살 때 단동에 있는 회사에 취직을 했답니다. 그런데 차비가 없어 저 압록강 철교를 달려서 출퇴근했답니다. 매일 약 16킬로미터를 달리는 동안 몸이 저절로 단련된 것이죠."

열여섯 살! 나보다 겨우 한 살 더 많다. 그 나이에 취직을 하고, 차비가 없어 저 긴 다리를 달려서 건너야 했다니. 조금 전까지도 나와 아무 상관없는 것으로 느껴지던 철교가 가슴 뭉클하게 다가왔다.

단동을 벗어나자 가로등도 사라졌다. 우리나라는 산골 마을에도 가로등 몇 개씩은 있는데 여긴 아무것도 없다. 진짜 깜깜하다. 여기저기서 두런거리던 얘기 소리도 잦아들었다. 지금은 가이드와 따거가 중국말로 주고받는 소리만 또렷이 들린다.

가이드 말로는 기사가 중국어로 '따거'란다. 가로등도 없는 어둔 길을 달리다 보면 쉬이 졸게 되고 그럼 큰 사고가 나기 때문에 따거가 졸지 않도록 자꾸 말을 시켜야 한단다. 무슨 얘길 나누는 걸까. 자주 소리 내어 웃기도 한다. 알아듣지 못한다는 건, 참 답답한 일이다. 그래선지 한국어도 하고 중국어도 하는 가이드가 멋지게 느껴졌다. 나도 중국어나 배워 볼까? 하지만 그런 생각은 불편한 의자 때문에 금방 날아가 버렸다.

넓던 의자는 시간이 지날수록 좁게 느껴졌다. 자세를 바꿔 봐도 아픈 허리는 여전히 아팠다. 불편해서 잠도 오지 않는데, 사람들은 코까지 골며 잘도 잤다.

밖은 어둡고, 버스 안도 어둡고, 할 일은 없고, 잠은 안 오고. 나는 목을 쭉 빼고 버스 안을 살폈다. 강산이랑 강물이는 목을 늘어뜨린 채 자고 있다. 다른 사람들도 마찬가지다. 아, 한 사람 깨어 있다. 대학생으로 보이는 오빠가 혼자 책장을 넘기고 있었다.

그래, 나도 일기나 읽자. 배낭에서 일기장을 꺼내 휘리릭 넘겼다. 날짜가 뚝뚝 끊어진 걸 보면 기분 내킬 때만 쓴 모양이다. 매일매일 안 썼다는 것만으로 안도감이 밀려왔다. 그나저나 일기를 남에게 보여 주다니, 참 웃기는 애다. 낯선 사람에게 자신을 속속들이 보여 주는 일인데. 나라면 알몸을 들킨 것처럼 창피할 것 같다. 하긴 뭐, 그 아인 나를 알지도 못하는데 무슨 상관이람.

첫 장을 펼쳤다. 맨 앞장에 세 줄의 글귀가 적혀 있었다.

씩씩한 우리 깡순아!
엄마는 네가 못 가진 것에 슬퍼하기보다
가진 것들에 기뻐하며 살았으면 좋겠구나.

아마도 일기장 주인의 별명이 깡순이인 모양이다. 나는 다음 장으로 넘겼다.

3월 14일

엄마, 나야. 엄마 딸, 깡순이.

이 별명 참 오랜만이다. 엄마가 붙여 준 거잖아. 뭘 하든 악착같이 한다고 말이야. 그때는 '공주'나 '이쁜이'같은 예쁜 별명 안 붙여 주고 깡패같이 깡순이가 뭐냐고 짜증 냈었는데, 지금은 엄마가 "깡순아~."라고 불러 주던 그때가 그리워.

엄마, 오늘 서랍을 뒤지다 이 일기장을 발견했어. 엄마가 작년에 중학교 입학 선물로 사 줬잖아. 그날 일이 꼭 어제 일처럼 생생해. 벌써 일 년이나 지났는데…….

엄마가 빨간 포장지에 싼 이 일기장을 내밀었을 때 책인 줄 알고 나 삐쳤었잖아. 다른 애들처럼 시계나 예쁜 옷이길 바랐거든. 그런데 포장지를 벗기니까 책보다 더 짜증 나는 물건이 들어 있지 뭐야. 세상에, 일기장이라니! 중학생이 되어 기쁜 것 중 하나가 일기 숙제에서 벗어나는 거였어. 그런 내게 일기장을 선물하다니 말이 되냐고.

"속상한 일이나 엄마한테 하고 싶은 말 있으면 여기에 다 쏟아 내. 가슴에 묻어 두면 병나."

입이 한 주먹이나 나온 나한테 엄마가 그랬었잖아.

지금 생각하니 엄마는 이미 알고 있었던 것 같아. 엄마가 곧 떠날 거란 걸 말이야. 그래서 일기장을 선물한 거지? 그런데 그걸 오늘에야 제대로 펴 봤어. 그때 서랍에 처박아 두고는 까맣게 잊고 있었거든. 이 일기장 정말 예쁘다. 내가 쓰던 누런 줄 공책이랑은 질이 달라. 매 쪽마다 귀퉁이에 예쁜 꽃이나 풍경이 그려 있고 종이마다 색깔이 달라. 분홍, 노랑, 보라, 연두……. 꼭 무지개 같아. 여기에 일기 쓰면 기분도 금방 좋아질 것 같아. 그래서 오늘부터 일기를 쓰기로 결심했어. 엄마 말대로 속상하거나 엄마에게 하고 싶은 말 생기면 쓸 거야. 엄마도 좋지? 깡순이가 엄마가 원하는 대로 해 주니까. 히히, 엄마 그럼 오늘은 여기까지만 쓸게. 처음인데 엄청 많이 썼다. 그렇지?

→ ㅠㅠ 졸업 선물이 일기장이라니! 그건 진짜 아니다. 메이커 신발이나 스마트폰이라면 모를까. 그런데 엄마가 떠났다는 건 무슨 뜻일까? 아빠랑 이혼했다는 걸까? 우리 엄마 아빠는 사이가 좋아 다행이다. 절대 이혼만은 안 했으면 좋겠다. 아무튼 깡순이가 참 안됐다. 나랑 나이가 같다는데.

나는 다음 장을 펼쳤다. 하지만 버스가 덜컹거리는 탓인지 자꾸만 눈꺼풀이 무거워 왔다. 좀 자야겠다 싶어 눈을 감았다.

"여러분, 일어나십시오. 십 분 후면 호텔에 도착합니다."

가이드의 씩씩한 목소리에 눈을 떴다. 잠깐 잔 듯한데 벌써 열한 시가 넘었다.

가이드에게 주의 사항을 들은 뒤 짐을 챙겨 호텔로 향했다. 2인 1실이라 엄마랑 나랑 같은 방이었다. 열쇠를 받아 3015호를 찾아갔다. 방문을 연 엄마의 입이 딱 벌어졌다.

"어머나, 정말 넓고 깨끗하다. 3류 여관일 줄 알았는데 진짜 좋은 호텔이네."

엄마는 깨끗한 침대에 벌렁 누우며 아이처럼 좋아했다.

나도 침대 위로 몸을 던졌다. 피곤해서 저절로 눈이 감겼다.

"연주야, 귀찮아도 씻고 누워."

엄마가 옷을 갈아입으며 말했다.

"힘들어. 그냥 자면 안 돼?"

"피곤할수록 씻고 자야지. 그래야 피로도 빨리 풀려."

정말 꼼짝하기 싫다. 못 들은 척 누워 있었다.

"어서 씻으라니까. 어제도 머리 안 감았잖아."

엄마의 목소리가 뾰족해졌다. 어쩔 수 없이 일어나 화장실로 향했다. 하루쯤 안 씻으면 어때서. 어휴, 정말 귀찮다.

벌금입니다

"연주야, 엄마랑 시장 가자. 우리가 언제 또 중국 시장을 구경하겠니? 빨리 일어나."

엄마가 강제로 잡아 끄는 통에 겨우 몸을 일으켰다.

호텔 밖으로 나가자 새벽바람이 시끌벅적한 소리와 함께 달려들었다. 소리를 따라 고개를 돌리자 호텔 저편에 줄줄이 늘어선 파라솔이 보였다. 파라솔 사이로 사람들이 오가는 모습도 보였다.

"저기가 시장인가 보다. 어서 가자."

엄마는 내 팔을 끼고 걸었다. 정말 오랜만이다. 아이처럼 팔짱을 낀 모습이 창피했지만 뭐 어차피 아는 사람도 없는걸.

"연주야, 저기 좀 봐. 성벽 같지 않니?"

엄마가 시장 뒤로 길게 뻗은 돌담을 가리켰다. 돌담 너머로 우뚝 솟은 아파트들이 보였다.

"성벽이 저렇게 낮아?"

"너 바보 아니니? 지금 우리가 있는 곳은 고구려의 수도 국내성이 있던 집안이야. 저 담이 국내성 성벽이 맞는다면 얼마나 오래 됐겠니. 게다가 저렇게 아파트들이 쑥쑥 들어섰는데 온전히 남아 있겠어?"

"하지만 저 돌 좀 봐. 막 쪼아 낸 것처럼 푸른빛으로 반짝이잖아. 엄마 말대로 그때 성벽이라면 세월의 흔적이 있어야지."

"그런가?"

엄마는 김이 빠졌는지 그쪽으로 가려던 발길을 다시 시장 쪽으로 돌렸다.

파라솔 아래 진열된 먹음직스런 과일들은 대체로 낯이 익었다. 사과, 포도, 대추, 배……. 모양은 좀 달랐지만 대부분 우리나라 시장에 있는 과일들이었다. 엄마는 배랑 자두를 샀다.

"조선족들이라 한국 돈도 받네. 이 정도면 과일값 싸다."

엄마가 흡족하게 웃으며 과일 봉지를 들여다봤다.

시장엔 미꾸라지 같은 생선에서부터 감자, 가지, 오이, 호박, 대파 같은 야채들이 즐비했다. 호떡이나 떡꼬치 같은 걸 굽고 튀기느라 기름 냄새도 진동했다.

"이 새벽에 저런 걸 뭣 하러 튀긴담. 누가 사 먹는다고."

"어제 가이드 얘기 못 들었어? 여기 사람들은 아침밥을 안 해 먹는대. 시장에서 이런 거 사다가 아침으로 먹는다잖아. 우리처럼 밥하고 국 끓이느라 아침부터 힘 뺄 일 없지. 한마디로 여긴 주부들의 천국이다."

그 말에 나도 모르게 웃음이 나왔다.

"왜 웃어?"

"아빠랑 내가 싫다는데도 아침마다 주스 만들어서 억지로 먹였잖아. 난 또 엄마가 그 일을 엄청 좋아하는 줄 알았지."

"난 뭐 사람 아니니?"

엄마는 이렇게 말하고 히죽 웃었다. 처음으로 엄마에게 미안한 생각이 들었다.

"연주 언니랑 아줌마다! 안녕하세요."

밝고 경쾌한 목소리가 우리 앞을 막아섰다. 강산이네 가족이었다. 넷이 호떡을 먹으며 걸어오고 있었다.

"어머, 어쩜 따님들을 이리 잘 키우셨어요. 성격도 시원시원하니 좋고 인사성도 밝네요."

"고맙습니다. 뭐 좀 사셨어요?"

강산이 엄마는 조용한 성격인가 보다. 목소리도 차분하고 얼굴 표

정도 크게 변화가 없었다. 어제 식당에서도 거의 말이 없었다.

아침 먹을 시간이 다 되어 우리는 천천히 호텔로 향했다.

아침은 뷔페식이었다. 나는 강물, 강산이랑 몰려다니며 이것저것 골라서 배불리 먹었다.

"매일 이렇게 먹었음 좋겠다."

강물이 말에 나도 강산이도 고개를 끄덕였다.

식사가 끝나자 우리는 다시 버스에 올랐다. 엄마랑 내가 막 자리에 앉았을 때였다.

"오영자, 이연주 님!"

가이드가 버스로 올라오며 소리쳤다. 엄마가 손을 들자 가이드가 우리 쪽으로 다가왔다.

"어젯밤 3015호에서 주무셨죠. 베개에 염색약이 묻었답니다. 벌금 30위안 주세요."

순간 나는 가슴이 벌렁거렸다. 방학하던 날이 떠올랐기 때문이다. 그날 우리는 방학식 기념으로 민지네 집에 모여 염색을 했다.

"괜찮다니까. 개학 전에 다시 까맣게 하면 돼."

내가 망설이자 수아가 말했다. 그 말에 힘을 얻어 나도 염색약을 발랐다. 다들 와인색으로 했지만 너무 튀는 것 같아 나는 밝은 갈색으로 했다. 그런데 염색 시간이 너무 짧았는지 어둡게 나와서 사람들이 염색한 걸 거의 알아보지 못했다. 그것도 벌써 이 주 전 일이다.

아직도 염색약이 묻어 나올 리 없다.

"염색약이요? 난 염색도 안 했는데 무슨 염색약이 묻어요?"

엄마는 천지개벽이라도 일어난 듯한 얼굴로 가이드를 빤히 봤다.

"여기 따님 맞죠? 그럼 따님이 했나 봅니다."

가이드가 내 머리를 보며 말했다. 나는 당황해서 가이드 눈길을 피했다.

"무슨 소리예요? 얜 중학생이에요. 중학생이 무슨 염색을 해요?"

"어머, 어머니! 잘 모르시네. 한국에선 요즘 중학생들도 다 염색한다던데요. 특히 방학이면 난리도 아니라던데."

가이드의 말이 끝나기 무섭게 엄마의 눈길이 내 머리에 멎었다. 엄마는 고개를 갸웃거리며 내 머리를 뚫어지게 봤다.

"너, 정말 염색했어?"

일이 더 커지기 전에 솔직히 말하는 게 낫겠다.

"갈색으로 조금."

"그것 봐요, 했구먼 그러시네. 수건이나 다른 걸 깔고 잤어야지. 어제 주의 사항 말했잖아. 염색한 머리는 꼭 다 말리고 자야 해. 호텔에선 이것저것 다 벌금이니까."

엄마가 지갑에서 30위안을 꺼내는 동안 가이드가 말했다. 가이드의 한마디 한마디는 엄마의 감정을 긁어 놓을 게 뻔했다. 제발 얼른 돈 갖고 사라져 줬으면.

"너, 정말!"

엄마는 이 한마디를 내뱉고는 버스 앞 유리 쪽으로 얼굴을 돌렸다. 꽉 다문 입술을 보니 치미는 화를 참느라 안간힘을 쓰는 중이다.

이젠 너무나 익숙한 저 표정. 힘이 쫙 빠진다. 휴전협정으로 겨우 예전의 사이좋았던 때처럼 지내고 있었는데. 물론 그저 잘 지내는 척 흉내에 불과하지만 그래도 마주칠 때마다 얼굴을 붉히던 때보단 마음이 편했었다. 이제 남은 일정 내내 저런 표정의 엄마와 마주해야겠지?

엄마가 처음으로 내게 저런 표정을 지었던 날이 떠올랐다. 그날은 내가 처음으로 화장이란 걸 한 날이었다.

"괜찮아, 이 정도면 아무도 눈치 못 챌 거야. 이건 화장 축에도 못 낀다니까."

수아는 내 얼굴에 비비크림을 바른 뒤 자신 있게 말했다. 하지만 수아 생각은 틀렸다. 엄마는 나를 보자마자 눈을 가늘게 뜨고 얼굴을 빤히 봤다. 심장이 쿵쿵거리며 마구 뛰었다.

"너, 화장했지?"

"어? 어."

당황해서 솔직하게 말하고 말았다.

"제정신이니? 네 나이 때 이런 거 바르면 피부 다 상해."

"안 해. 친구들이 하기에 그냥 한번 해 본 거야."

"친구, 친구 누구?"

엄마 눈이 확 커졌다. 누구라고 말하면 당장 그 친구들 못 만나게 할 기세였다.

"우리 반 애들. 요즘 다들 화장하던데 뭐."

"다 하긴 누가 다 해? 날라리들이나 하는 거지."

'날라리'란 말에 가슴이 뜨끔했다. 엄마가 우리 클럽 이름을 안다면 무슨 말을 할까. 물론 난 내 친구들이 날라리라곤 생각하지 않는다. 하지만 엄만 분명 이름만으로 우리 클럽을 비행 청소년들의 집합소쯤으로 생각할 게 뻔하다. 거기에 무슨 뜻이 있고, 어떤 꿈을 품었고, 어떤 노력을 하는지는 들여다볼 생각조차 않을 거다.

"말해 봐. 너한테 화장해 준 애가 누구야?"

"내가 했어. 한번 해 보고 싶어서."

"애가 왜 이래. 내가 너를 모르니? 얼른 바른 대로 말해. 누가 해줬어?"

사실 난 화장 같은 거 계속할 생각은 없었다. 그냥 호기심으로 한번 해 본 거였다. 그런데 엄마가 심문하듯 집요하게 묻고 늘어지자 왈칵 짜증이 밀려왔다. 청개구리 같은 반항심도 뽀글거리며 머리를 들었다.

"내가 했다니까! 왜, 나는 화장 좀 하면 안 돼?"

눈이 휘둥그레졌던 엄마는 이내 눈을 가늘게 뜨고 입술을 꽉 다문 채 나를 노려봤다.

그때의 모습이 어제 일처럼 생생했다.

한숨을 내쉬며 고개를 드는데 강의 중인 강사와 눈이 마주쳤다. 강사는 눈을 반짝이며 더욱 목청을 높였다.

"고구려의 두 번째 수도인 국내성은 동서남북 어느 방향에서도 공격이 곤란합니다. 뒤는 산으로 둘러싸여 있고, 앞으로는 압록강, 옆으로는 통구하가 흐르고 있기 때문에……."

하지만 강의 소리는 모기의 날갯짓마냥 윙윙거리며 내 귓가를 스쳐 갔다.

"여러분, 오늘 아침 시장 구경 가신 분들 중에 아파트 앞으로 난 성벽 보신 분 계신가요?"

나도 모르게 버스 안을 휘 둘러봤다. 몇몇 사람이 손을 들었다. 엄마도 번쩍 들었다.

"네, 그 돌담이 바로 국내성 성벽입니다. 우리가 묵은 호텔이랑 시장은 성 밖이고 돌담 너머 아파트가 들어선 쪽이 성안이죠. 성벽은 아파트가 들어서면서 묻히고 무너져 그 흔적을저렇듯 일부에서만 볼 수 있는데, 그나마도 새로 복원한 것들입니다."

뭐야, 엄마가 맞았잖아. 오스스 소름이 돋았다. 곁눈질로 엄마를 봤다. 엄마는 고개를 숙인 채 열심히 적고 있었다. 메모지 첫줄엔 "8/12일(월)"이라고 오늘 날짜가 적혀 있었다.

"일정-국내성 터, 광개토 태왕비, 태왕릉, 장군총, 5회묘, 환도 산성-백두산으로 이동."

그 밑으로 수많은 글자들이 빼곡히 들어차 있다. 이제 보니 엄마는 메모의 신이다.

아까는 화가 나서 어쩔 줄 모르더니, 그래도 강의는 귀에 들어오는 모양이었다.

노랑머리 언니

책에서 봤던 광개토 태왕비는 커다란 유리 전각 안에 있었다.

"이 비는 일종의 신도비입니다. 신도비는 무덤 주인의 업적이며 일대기를 기록한 묘지석이지요. 광개토 태왕의 아들인 장수왕이 아버지가 붕어하고 이 년째 되던 해인 414년에 세운 비입니다. 동양에서 가장 큰 금석문으로 비에 새겨진 글자가 무려 1775개로……."

비는 정말 엄청나게 컸다. 6미터도 넘는다는 그 비를 보고 있으니 고구려의 위상이 절로 느껴지는 듯했다.

"광개토 태왕비 촬영은 유리 전각 밖에서만 할 수 있습니다. 혹시라도 안에서 찍게 되면 중국 공안에게 카메라 바로 뺏깁니다."

버스에서 내리기 전, 가이드가 몇 번이나 강조하더니 그 말은 거짓이 아니었다. 유리 전각 안팎에 중국 공안들이 지키고 서서 사람들을 감시했다.

"우리가 이 자랑스러운 유적의 주인인데도 남의 눈치를 살펴야 하다니."

공중할머니가 씁쓸한 표정으로 한숨을 내쉬었다.

"어쩌겠습니까. 지금은 남의 땅인데. 약자의 설움이죠."

가이드가 호탕하게 웃으며 말했다.

다음은 조금 떨어진 광개토 태왕릉으로 향했다. 광개토 태왕릉은 커다란 자갈산 같았다. 봉분이 무너져 자갈돌 사이로 풀들이 삐죽삐죽 솟아 있었다.

"유적지를 대대적으로 정비하던 중국은 이 무덤에서 '태왕릉'이란 문구가 새겨진 전돌을 발견했습니다. 그 후로 이곳을 태왕릉으로 부르기 시작했지요. 그러나 고구려에서는 모든 왕을 '왕 중의 왕'이란 뜻으로 태왕이라 불렀습니다. 그러니 '태왕'을 '광개토 태왕'이라고 단정 지을 수는 없는 거죠. 게다가 보시는 것처럼 능 내부가 굉장히 좁아서……."

강사는 뜨거운 햇볕 아래서 그 능이 '광개토 태왕릉'이 될 수 없는 이유를 조목조목 이야기했다. 내 눈에도 고구려 최고의 태왕 무덤이라고 하기엔 너무 초라해 보였다.

"어쩜 설명을 저리도 잘 하실까요."

"그러게, 우린 정말 복 받은 사람들이우. 어디서 이런 강의를 듣겠수."

엄마랑 공중할머니가 소곤거리며 마주 고개를 끄덕였다.

엄마가 저렇게 공부를 좋아하다니. 여행은 사람의 새로운 면을 보게 해 준다는 생각이 들었다.

우리는 장군총과 5회묘까지 둘러본 뒤 정류장으로 향했다. 엄청난 크기의 장군총도, 온통 화려한 벽화로 채워진 5회묘의 무덤 안도 한동안 잊히지 않을 것 같았다.

버스를 타고 환도산성으로 향했다. 한적한 길을 달리는가 싶었는데 금방 도착이다.

주차장에 내려 서니 거대한 산이 앞을 막아선다. 가이드가 그곳은 복원 공사 중이라 촬영이 금지되어 있으니 아예 카메라를 꺼내지 말란다.

산성 안으로 들어서자 정말 카메라 금지란 빨간 경고판들이 여기저기 서 있었다. 성벽 한쪽에선 복원 공사가 한창이고, 좀 떨어진 컨테이너 막사 안에는 공안이 우리 쪽을 살피고 있었다.

공안이 따라다니는 통에 마음이 조마조마해서 강사의 설명도 귀에 들어오지 않았다.

병영 터와 궁전 터를 둘러보고 산성을 내려오자 넓은 벌판 가득 피라미드 모양의 삐죽 솟은 거대한 무덤들이 눈에 들어왔다.

“와, 저 무덤 떼 좀 봐. 정말 장관이다!”

무덤의 크기와 숫자에 놀라 여기저기서 탄성을 질렀다. 하지만 쨍쨍 내리쬐는 햇볕을 온몸으로 받으며 걷자니 이내 몸이 축축 처졌다.

“어메, 뜨거운 거. 머리빡 다 벗겨지겠네.”

대머리 아저씨의 말에 사람들이 배를 잡고 웃었다. 나도 빙긋 웃음이 나왔다. 그때 노랑머니 언니의 주머니에서 수첩이 툭 떨어졌다.

“이거, 떨어졌어요.”

얼른 주워서 노랑머리 언니에게 내밀었다.

“고마워.”

언니가 수첩을 받아 들며 주머니에서 초콜릿 하나를 꺼내 주었다. 배가 고프던 터라 얼른 까서 입에 넣었다.

“너도 힘들겠다. 그 정도 염색은 염색도 아닌데.”

노랑머리 언니가 내 머리를 보며 말했다. 아까 가이드랑 염색 얘기하는 걸 들은 모양이었다. 하긴 샛노란 머리에 비하면 갈색 은 염색 축에도 못 끼겠다.

“그래도 나보단 나을 거다. 우리 엄마 봤니?”

나는 고개를 끄덕였다. 늘 강사 옆에 바짝 붙어서 엄마만큼이나 메모를 열심히 하는 분이었다.

"우리 엄마, 역사 선생님이다."

"우와, 정말요? 어제 저녁 같이 먹을 때 왜 말 안 하셨어요? 다들 궁금해하시던데."

"그 상황에서 선생님이란 말이 나오겠니? 고2 딸이 노랗게 염색하고 화장 떡칠해서 다들 대학생인 줄 아는데. 아마 그때 엄청 창피하셨을 거야."

하긴 그렇겠다. 우리 엄마는 오늘 아침 그 일로도 창피해서 입술을 앙다물었으니까.

"그런데 정말 짜증 나는 건 나랑 같은 학교라는 거야. 너, 엄마가 선생님으로 있는 학교에 다니는 기분이 어떤지 아니? 공부도 잘해야지, 항상 모범이생이어야지, 역사 과목은 당연히 잘해야 해."

"언니 진짜 힘들겠다. 그런데 어떻게 노랗게 염색을 다 했어요? 엄마가 뭐라 안 해요?"

"안 할 리 있니? 이거 하는데도 엄청 싸웠어. 방학 때만 하는 거야. 이렇게라도 안 하면 난 숨이 막혀 죽을 거야."

언니가 웃었다. 시원한 웃음이 아니라 왠지 슬퍼 보이는 웃음이었다.

"그린데 인니, 내 생각엔 언니 엄마도 언니만큼 힘들 것 같아요."

"보기보다 속이 깊구나. 당연히 힘들겠지. 하지만 이해하면서도 매번 짜증이 나. 사람이 생각이랑 행동이 일치하면 얼마나 좋겠니. 이상과 현실은 늘 다른 법이잖아. 원래는 염색 이렇게까지 튀게 안 하는데 이번에만 그랬어. 여기 따라오는 대신 눈감아 주기로 한 거지."

나도 모르게 픽 웃음이 나왔다. 언니가 "왜?" 하는 표정으로 봤다.

"저는 엄마한테 압수당한 휴대전화 되찾으려고 따라왔거든요."

노랑머리 언니가 웃었다. 여행 내내 보지 못했던 환한 웃음이었다.

"너희 엄마도 요즘 엄만 아닌 모양이네. 그래도 오길 잘했다는 생각이 든다. 강사님 얘기 듣고 있으니 없던 애국심도 생기는 것 같고, 고구려란 나라도 새롭게 보이고, 본 적 없는 오래 전 선조들에 대한 경이로움도 생기고. 한편으론 우리는 왜 중국처럼 정부 차원에서 우리 것을 강하게 찾지도, 요구하지도 못하나 한탄스런 맘이 들기도 하네."

언니가 다시 웃었다. 이 언니도 엄마한테 반항은 하면서도 열심히 살고 있구나 싶었다.

"가이드님, 이곳엔 공안이 안 보이는데 얼른 현수막 걸고 단체 사진 하나만 찍읍시다."

인솔 강사의 말에 가이드 얼굴이 금세 새빨개졌다.

"안 됩니다. 그랬다간 제 가이드 자리 달아난다니까요. 아까 보셨지 않습니까? 사진 촬영 차체가 금지돼 있어요. 제발 지킬 건 지켜 주세요. 저도 먹고 살아야죠."

가이드는 사정사정했다. 하는 수 없이 탐방단들은 터덜터덜 버스로 향했다.

“저 멋진 모습을 못 찍다니!”

아쉬운 한숨들이 터져 나왔다. 피라미드 모양의 무덤 떼는 정말 장관이었다. 그걸 눈으로만 보자니 한숨이 나올 법도 했다.

“사진 못 찍게 했다고 너무 서운해 마십시오. 저도 어쩔 수가 없습니다. 그러니까 우리 민족이 부지런히 힘을 키우자고요. 그래서 기름지고 넓은 이 요동 땅도 되찾고, 우리 맘대로 사진도 찍읍시다.”

가이드의 목소리에서 진심이 느껴졌다. 다들 같은 맘이었는지 “와아-.” 하는 함성을 지르며 박수를 쳤다.

“하하, 감사합니다. 이제 늦은 점심을 먹으러 갑니다. 메뉴는 여러분들이 좋아하는 불고깁니다. 상추도 있고 된장도 있고, 반가우실 겁니다.”

“와, 불고기, 불고기-.”

석현이란 애가 신 나서 후렴을 넣었다. 그 바람에 모두들 와르르 웃음을 쏟아 냈다. 오동통한 석현이는 딱 봐도 고기 좋아하게 생겼다.

가이드 말대로 된장과 푸릇한 상추가 있는 불고기 밥상은 탐방단에게 인기 최고였다.

아침에 벌금 사건 이후로 한마디도 않던 엄마가 익은 고기를 내 접시에 올려 주었다. 갑자기 왜 이래? 힐끗 엄마를 봤다. 엄마는 무표정한 얼굴로 불판 위의 고기만 뒤집었다.

점심을 먹고 보트를 타기 위해 압록강으로 향했다. 물빛이 오리머리의 푸른빛과 같다고 해서 압록강이라 한다더니 물빛이 정말 파랬다.

“가이드님, 압록강은 중국 거예요, 북한 거예요?”

석현이 말에 우리 모두 가이드를 돌아봤다. 압록강이 누구 것인지 한 번도 생각해 본 적 없었다.

“공동 거. 압록강은 같이 쓰고 섬은 나눴는데 북한이 두 배쯤 더 가졌어. 자, 보트 타실 분은 구명조끼 입고 저 앞으로 가세요. 한 대에 네 명씩 탑니다.”

가이드가 큰 소리로 말했다.

“같이 타자.”

강물이랑 강산이가 내 팔을 잡아당겼다. 나는 내 앞쪽에 서 있던 노랑머리 언니를 같이 당겼다. 금세 네 명의 짝꿍이 만들어졌다.

드디어 구명조끼를 입고 보트 위에 앉았다.

위잉- 소리와 함께 보트가 달리기 시작했다. 키를 잡은 중국인 아저씨가 어깨춤을 추듯 배를 좌우로 기울이며 묘기를 부렸다. 그때마다 우리 모두 왼쪽, 오른쪽으로 몸이 쏠리면서 금방이라도 강물 속으로 꼬꾸라질 것 같았다. 빠질 듯 말 듯 아슬아슬한 긴장감! 어떤 놀이기구보다 즐겁고 신 났다.

"와아---."

우리 넷의 입에서 엄청난 비명이 터져 나왔다. 그러자 중국인 아저씨는 한층 요란하게 배를 기우뚱거렸다. 가슴이 뻥 뚫리는 이 기분, 좋다.

"우와, 저기 북한 사람 보인다."

"어디, 어디?"

우리는 강물이의 손끝을 따라갔다. 흰 옷을 입은 남자가 소를 몰고 걸어가는 모습이 보였다. 조금 떨어진 곳에선 두어 채의 집에서 연기가 모락모락 피어올랐다. 우리나라 시골 모습이랑 똑같았다. 멀고 무섭게만 느껴졌던 북한인데 진짜 우리랑 같은 민족이구나, 싶었다.

보트가 반환점을 돌자 거의 한쪽으로 쓰러질 듯 기울었다.

"으아-- 와아--."

비명 같기도 하고 환호성 같기도 한 소리가 압록강을 가득 메웠다.

날나리 클럽

버스는 다음 여정을 위해 달리기 시작했다.

통화(퉁화)를 거쳐 백두산 근처 호텔까지 다섯 시간 삼십 분 정도 걸린단다. 통화는 길림성에서 세 번째로 잘사는 동네. 오미자, 구기자, 더덕, 산삼 같은 약재들이 많이 난단다. 백두산 쪽으로 갈수록 석탄 같은 광물이 많이 나고, 돌 공예품도 많단다.

엄마는 가이드가 하는 이런 말들을 빠짐없이 메모했다. 저것들을 메모해서 도대체 어디다 쓸까? 그러고 보면 엄마도 날나리 클럽 회원이 될 자격이 충분한 것 같다. 나야 운 좋게 들어갔지만 사실은 자격 미달이다.

나랑 친해졌어도 승미는 날나리 클럽에 대해 한 번도 얘기한 적이 없었다. 그러다 1학기가 거의 끝나 갈 무렵이었다.

“연주야, 우리랑 점심 같이 먹을래?”

어느 날 4교시가 끝나고 승미가 물었다. 늘 붙어 다니는 수아랑 민지도 함께였다.

나야 대환영이지. 아무리 시크한 척해도 혼자 먹는 점심은 처량하기 짝이 없으니까. 나는 조금은 어색한 얼굴로 승미, 수아, 민지와 함께 급식실로 갔다.

“너, 우리 클럽에 들어올래?”

식판을 들고 자리를 잡자마자 승미가 물었다. 그러자 수아랑 민지가 호기심 가득한 얼굴로 나를 봤다. 순간 셋이 이미 의견 통일을 봤구나 싶었다. 선택되었단 생각에 기분이 좋았다.

“회원은 현재 우리 셋이야. 그런데 아무래도 홀수는 좀 그렇더라고. 그래서 넷으로 맞추려고. 어때, 우리 날나리 클럽에 들어올래?”

수아가 방실방실 웃으며 물었다.

날나리 클럽? 다 좋은데 클럽 이름이 그게 뭐야. 노는 애들인가? 수아는 워낙 외모에 관심도 많고 치장도 잘하지만 승미나 민지는 의외다. 학교 안이랑 밖에서의 모습이 다른 걸까? 찌질이처럼 혼자 다니는 것도 싫지만 날라리로 찍히는 것도 싫은데.

"무슨 생각이 그리 많냐? 왜, 싫어?"

민지가 살짝 얼굴을 찌푸렸다. 통통한 볼에 오목하게 보조개가 팼다.

"아니, 나야 고맙지. 그런데 이름이 왜 날나리 클럽이야?"

"어머, 너 지금 엉뚱한 생각 했지? 우린 네가 생각하는 그런 클럽 아냐. 날나리 클럽은 '날마다 나를 리드하라'란 말을 줄인 거야. 노는 날라리가 아니라고."

수아가 벙실거리며 말했다. 생각보다 눈치가 빠른 애다.

"날마다 나를 리드하라? 와, 멋지다!"

"그렇지? 내 솜씨야."

승미가 무뚝뚝하게 말했다. 그 모습이 우스웠다. 이럴 때는 보통 자랑스럽게 으스대며 말하는데 승미는 꼭 남의 얘기 하듯 무표정하다. 그래서 승미가 다른 애들과 달라 보이는지도 모른다는 생각이 얼핏 들었다.

"그런데 뭘 리드하라는 거야?"

"꿈. 자기가 원하는 꿈을 향해 날마다 스스로를 토닥이며 나아가자는 거지. 너도 알겠지만 내 꿈은 만화가잖아. 그래서 날나리 클럽에서 난 만짱."

승미의 말에 나는 완전히 기가 눌렸다. 노는 날라리를 떠올렸던 게 부끄러웠다.

"난 연짱! 연예인이 꿈이거든."

수아가 한껏 예쁜 척을 하며 말했다. 순간 평소 수아의 모습이 떠올랐다. 수아는 교문 앞에서 안 걸리는 날이 없었다. 어떤 날은 반짝이는 머리핀을 해서 걸리고, 어떤 날은 교복 치마가 짧아서 걸렸다. 어떤 날은 곱슬거리는 머리 때문에 걸렸다. 그런데 수아가 외모에 왜 그렇게 관심이 많은지 이제야 이해가 되었다.

"그럼, 민지 너도 꿈 있어?"

"당연하지."

탕수육을 입에 넣고 우물거리던 민지가 양말을 벗더니 발가락을 내 앞으로 쑥 내밀었다. 뜻밖의 행동에 나도 모르게 몸을 뒤로 뺐다.

"뭘 그리 놀라냐? 보라고."

민지가 발가락을 꼼지락거렸다. 화사한 무늬의 발톱 다섯 개가 눈에 쏙 들어왔다. 나는 고개를 디밀고 자세히 봤다. 활짝 핀 여러 송이의 꽃잎, 해와 달, 세모와 네모 동그라미가 겹쳐진 그림……. 발톱마다 그림이 달랐다. 마치 언젠가 전시회에서 본 서양 화가들의 그림을 보는 느낌이었다. 처음엔 프린트된 스티커를 발톱에 붙인 줄 알았다. 그런데 아니었다. 여러 색의 매니큐어로 발톱에 직접 칠한 거였다. 예술을 모르는 내 눈에도 작품처럼 보였다.

"이런 거 처음 봐. 정말 예쁘다! 어디서 했어?"

"내가 한 거야. 손톱에 하면 샘들한테 걸리잖아. 그래서 주로 발톱에 해."

"그럼 넌 네일 아티스트! 네짱?"

"그렇지! 세계적인 네일 아티스트가 되는 게 내 꿈이야. 자격증 따려고 학원도 알아 보고 있어."

민지가 씩 웃었다. 오목하게 들어간 보조개가 예뻤다.

그들과의 대화는 내게 충격이었다. 그동안 비록 외톨이처럼 혼자 다녔어도 난 언제나 수아나 민지보다 낫다는 우월감에 젖어 있었다. 그런데 순식간에 하등 동물로 추락하는 느낌이었다. 고등 동물 속에 낀 하등 동물.

"이제 '짱'의 의미가 뭔지 느낌이 오지? 각자 꿈꾸는 분야에서 최고, 짱이 되자, 뭐 그런."

승미가 무뚝뚝한 얼굴로 말했다. 그러자 수아랑 민지가 맞장구치듯 고개를 끄덕였다.

자괴감이 밀려왔다. 난 그저 학교와 학원을 오가며 오로지 주어진 숙제만을 죽어라 파고 있는데 애들은 더 먼 미래를 보며 달리고 있었다. 내가 한없이 초라하고 작아지는 느낌이었다.

"우린 미래를 꿈꾸는 건전한 클럽이라고. 물론 좀 놀기도 하지만. 어때, 들어올래?"

수아가 방시레 웃으며 물었다.

"너희들이 받아만 준다면."

이런, 너무 비굴한 자세잖아. 하지만 내 솔직한 마음인걸. 친구 사귀기에 실패하고 어쩔 수 없이 시크를 부르짖으며 혼자 다녔지만 얼마나 우울한 나날이었던가. 이제 드디어 지옥의 솔로 탈출이다.

"야호, 그럼 됐어! 넌 지금 이 순간부터 우리 날나리 클럽 회원이야. 우리 셋은 이미 결정 봤거든. 네가 좋다면 함께하기로."

수아가 환영 인사인 양 손뼉을 쳤다. 그러자 아이들의 시선이 일제히 우리 쪽으로 쏠렸다. 우리는 소리를 죽인 채 마주 웃으며 급식을 먹었다.

"우선 연주 별명부터 짓자. 연주야, 넌 꿈이 뭐야?"

민지의 말에 나도 모르게 어깨가 축 처졌다. 딱히 잘하는 것도, 되고 싶은 것도 없었다. 유치원 다닐 때는 유치원 선생님이 되고 싶었다. 그런데 좀 커서 생각해 보니 빽빽 우는 아이들 달래려면 너무 힘들 것 같아 싫어졌다. TV 드라마를 보다가 간호사가 되고 싶다는 생각도 했었다. 하지만 주사 놓을 자신이 없어 포기했다.

"어쩌지? 난 너희들처럼 확실한 꿈이 없는데……."

내 말에 수아랑 민지가 난처한 표정으로 승미를 봤다.

"연주도 요즘 우리만큼이나 치열하게 살아. 알을 깨고 나오려는 새거든. 그러니까 날나리 클럽 회원 될 자격은 충분해."

나는 승미의 말이 무슨 뜻인지 금방 알아챘다.

그 무렵 난 저녁마다 휴대전화를 거실 탁자에 내놓는 일로 거의 매일 엄마랑 다투는 중이었다. 그 사실을 안 승미가 내 눈을 들여다보며 말했었다.

"새는 알을 깨고 나온다. 알은 세계다. 태어나려는 자는 한 세계를 파괴해야 한다."

승미의 그 말은 꼭 무슨 주문 같았다.

"멋지다! 굉장히 심오하게 느껴져."

"헤르만 헤세가 '데미안'이란 책에서 한 말이야. 지금 너한테 딱 어울리는 말 같아서. 요즘은 이런 말도 있더라. '자기 스스로 알을 깨고 나오면 생명이 되지만, 남이 깨 줄 때까지 기다리면 요리감이 된다.' 패러디 짱이지?"

승미가 빙그레 웃었다. 그 순간 승미는 내 속으로 들어와 내 등대가 되었다.

"연주가 왜 새야?"

민지가 고개를 갸우뚱거리며 물었다.

"그냥 비유야. 연주 별명으로 '미짱' 어때? 특별히 꿈꾸는 게 없다는 건, 반대로 할 게 무궁무진 많다는 뜻이기도 하잖아. 할 게 많다는 건 미래가 밝다는 거고. 그러니까 미래의 짱, 미짱!"

승미의 말에 수아랑 민지가 감탄한 얼굴로 엄지를 치켜 보였다. 좀 억지스럽긴 했지만 나도 마음에 들었다. 승미 말대로 아직 꿈을 찾지 못했다는 건 꿈꿀 게 많다는 뜻이기도 하니까.

만짱, 연짱, 네짱 그리고 나 미짱! 이렇게 나는 1학기가 거의 끝나

갈 무렵 날나리 클럽의 회원이 되었다.

"우리 내일 명동 갈래? 미짱 입회 기념 나들이, 어때?"

수아의 말에 승미랑 민지는 좋다며 당장 손가락으로 'O'를 만들어 보였다. 하지만 나는 선뜻 대답할 수가 없었다.

"미짱, 넌 싫어?"

"그게 아니라……. 난 엄마한테 여쭤 봐야 해서."

내 대답에 아이들은 한꺼번에 깔깔거리며 웃었다. 이게 웃을 일인가?

"어머나, 넌 아직도 그런 일에 허락받고 가니? 1박 2일로 여행 가는 것도 아닌데."

"그래, 우리가 초딩이냐. 그 정도는 스스로 결정해야지."

수아랑 민지가 한마디씩 했다.

"그게 바로 헬리콥터 맘을 둔 아이들의 부, 작, 용이지."

승미가 부작용을 똑똑 끊어 강조했다. 그러자 아이들이 다시 깔깔거리며 웃었다. 나는 얼굴이 확확 달아올랐지만 화를 낼 수는 없었다. 승미는 나를 비웃거나 놀리는 게 아니라 그저 무표정하게 진실을 말하고 있었기 때문이다.

'초딩, 헬리콥터 맘, 부작용…….'

이런 말들이 머릿속을 떠나지 않았다.

승미 말대로 난 그동안 혼자 뭔가를 결정한 적이 없었다. 늘 엄마와 상의하고 엄마 의견에 따랐다. 그리고 그건 당연한 거라고 생각했다. 그 당연함으로 인해 내 삶은 늘 평화로웠다. 그런데 그 세계가 흔들리기 시작한 거다.

솔직히 일 년의 시간이 흐른 지금도 나는 그 흔들림이 옳은 것인지 아닌지 판단이 서질 않는다. 혼란스럽다. 하지만 분명한 건 나도 승미처럼 스스로 판단하고, 결정하고 싶다는 거다. 승미처럼 당당해지고 싶다는 거다.

깡순이

호텔로 들어서자 퀴퀴한 냄새가 났다. 그 냄새는 방에서도 났다.

버스에서 내리기 전 가이드가 한 말이 떠올랐다.

백두산은 9월 초면 눈이 내린단다. 그래서 백두산을 오를 수 있는 시기는 6~9월, 이렇게 서너 달 정도. 때문에 백두산 근처 호텔이나 식당은 그 기간 외엔 문을 닫는단다. 그래서 다른 지역보다 호텔 상태나 음식이 많이 처질 수밖에 없다고.

"아무리 그래도 그렇지, 너무하네. 환기라도 좀 시켜 놓던가."

엄마가 혀를 차며 중얼거렸다.

엄마는 옷을 갈아입자마자 배낭에서 네모로 접은 종이를 꺼냈다.

지도였다. 아까 들른 휴게소에서 산 모양이었다.

"동북삼성지역만 나온 지도야. 우리가 어딜 다녔는지 정도는 알아야지."

내가 힐끗 쳐다보자 엄마가 말했다. 목소리는 여전히 쌀쌀했다. 분명 휴전협정 때문에 화를 누르고 있는 걸 거다.

지도 가득 깨알만 하게 박혀 있는 한자, 한자들. 엄마가 저 지도를 읽을 수 있을까?

나는 고개를 갸웃거리며 화장실로 향했다. 씻고 나오니 엄마는 휴대전화에 깔아 둔 한자사전을 뒤지고 있었다. 설마, 저 많은 한자들을 사전으로 찾아 가며 읽을 생각은 아니겠지?

"머리 감았어? 또 염색약 묻으면 어쩌려고!"

엄마가 얼굴을 있는 대로 찡그렸다. 집에선 하루라도 안 감으면 달달 볶더니 벌금 앞에선 엄마도 어쩔 수 없는 모양이다.

"오늘은 다 말리고 잘 거니까, 걱정 마."

톡 쏘고 침대에 엎드렸다. 종일 걸었더니 다리도 아프고, 온몸이 물 먹은 솜처럼 무거웠다.

"누우면 어떡해? 빨리 일어나서 드라이기로 말려. 혹시 모르니까 베개 위에 이거 깔고."

엄마가 가방에서 주황색 수건을 꺼내 던졌다. 하는 수 없이 드라이기로 다 말린 뒤에야 침대 위로 엎어졌다.

"내일 백두산 갔다가……. 이런, 모레가 벌써 여행 마지막 날이네."

엄마가 일정표를 들여다보며 중얼거렸다. 순간 정신이 번쩍 들었다. 그건 엄마랑 약속한 시간이 얼마 안 남았단 뜻이다. 마음이 급해졌다. 서둘러 배낭에서 일기장을 꺼냈다.

3월 29일

엄마, 요즘 영미 때문에 너무 힘들어. 사춘긴지 툭하면 짜증이야. 내가 저보다 한 살 많은데도 "너, 너." 하면서 대들어. 영호랑도 날마다 발길질하며 싸워. 할머니가 야단쳐도 소용없어. 무릎이 아파 잘 걷지도 못하면서 집안일 하는 할머니를 보면 미안하고 가슴이 아픈데 동생들은 죽으라고 싸워. 할머니가 빗자루를 휘두르며 "어이구, 내가 죽어야지."라고 가슴을 칠 때마다 난 심장이 까맣게 졸아드는 기분이야. 이러다 할머니가 진짜 돌아가시면 어쩌지? 엄마, 무섭고 두려워. 할머니마저 안 계시면 난……. 아냐, 그건 생각도 하기 싫어.

→동생이라고 다 강물이 같지는 않은 모양이다. 강물이는 정말 귀엽고 착하던데, 영미란 애는 정말 싸가지가 없다. 자맨데도 성격이 엄청 다른 모양이다. 내가 깡순이라도 동생이 "너, 너." 하고 덤비면 열받아서 머리가 핑 돌 것 같다. 그런데도 꾹 참는 걸 보면 깡순이란 애는 참을성이 많은가 보다. 나라면 절대로 가만 안 둔다.

"응? 이게 무슨 소리지?"

엄마가 숨을 죽인 채 창밖을 향해 귀를 쫑긋 세웠다. 나도 덩달아 숨을 죽였다.

톡, 톡, 톡톡톡…….

엄마가 벌떡 일어나 창문을 열었다. 또드락또드락 들리는 건 분명 빗소리다.

"이걸 어째! 내일 백두산 천지 못 보겠네."

엄마가 울상을 지었다. 천지 못 보는 게 그렇게 속상한가? 나는 다시 일기장을 읽어 나갔다.

4월 12일

엄마, 나도 참고서가 있으면 좋겠어.

내 짝꿍 지수는 과목마다 참고서가 있더라고. 읍내에 사는데 집이 잘사나 봐. 영어 학원도 다니고, 수학 학원도 다닌대. 그런데도 지수는 왜 공부를 못하는지 모르겠어. 뭐 아주 못 하는 건 아냐. 제법 잘하는데 잘난 척해서 꼴보기 싫어서 그래. 나도 저처럼 참고서 있고 학원 다니면 전교 일등도 하겠다. 아니, 참고서만 있어도 돼. 아니, 다른 과목은 필요 없어. 영어랑 수학만이라도 있으면 좋겠어. 특히 영어! 단어장에서 모르는 단어 찾아 가며 한 줄 한 줄 해석하려면 시간도 많이 걸리고, 무엇보다 내 해석이 맞는지 안 맞는지 알 수가 없잖아. 물어 볼 사람도 없고. 그럴 땐 나도 언니나 오빠가 있었으면 좋겠단 생각이 들어. 이왕이면 언니가 좋겠다. 그럼 지금처럼 내가 동생들 챙기는 건 안 해도 될 텐데. 히히, 생각만 해도 좋다. 눌린 어깨가 쫙 펴지는 느낌이야.

아무튼 엄마, 난 해석 때문에 영어 시간마다 죽을 맛이야. 시킬까 봐 선생님 눈에 안 띄려고 몸을 잔뜩 웅크리고 있느라 목이랑 어깨가 다 아프다니까. 영어 참고서만 있으면 난 좔좔 해석할 수 있어. 지수처럼 떠듬거리지 않고 말이야. 할머니한테 사 달라고 말해 볼까? 아마 힘들 거야. 오늘 아침에도 내 차비가 없어서 할머니가 옆집에서 빌려 오셨거든.

내일도 영어 수업 있는데……. 내일은 내가 걸릴 확률이 99%란 말이야. 왜냐고? 내일이 2일이잖아. 영어 선생님은 해석 시킬 때 날짜대로 시킨단 말이야. 2번, 12번, 22번……. 난 22번이야. 잉잉, 내일 무슨 일 생겨서 선생님 안 오시면 좋겠다. 제발-.

→ 영어 시간에 읽고 해석 시키는 건 어느 학교나 비슷한가 보다. 그래도 우린 이따금씩 시키는데. 깡순이가 얼마나 절박한 심정인지 이해가 간다. 참고서 없이 혼자 해석하려면 정말 힘들 거다. 게다가 단어를 하나하나 찾아 가며 해석하려면 얼마나 힘들까. 참고서엔 관련 단어들이 다 정리되어 있어 따로 찾을 필요가 없는데. 깡순이가 정말 안됐다. 지수처럼 나도 과목마다 참고서랑 문제집 다 있다. 내가 말하지 않아도 새 학기가 되면 엄마가 미리 다 준비해 준다. 학원도 당연히 다닌다. 난 누구나 다 나처럼 그런 줄 알았다. 새삼 내가 참 행복한 환경에서 살고 있구나 하는

생각이 든다. 엄마랑 아빠한테 감사하다는 생각!

깡순이를 도와줄 수 있었으면 좋겠다. 나랑 같은 학교라면 내가 참고서를 빌려 줄 수도 있을 텐데. 아님 편하게 복사해서 줘도 되고. 깡순이가 일기장을 빌려 줬다고 했으니 나 말고 다른 누군가도 나처럼 깡순이 일기를 읽었을지 모른다. 그럼 엄마나 다른 누군가가 깡순이를 돕지 않을까? 그랬으면 좋겠다.

5월 8일

엄마, 오늘 어버이날이야.

친구들은 부모님께 드린다며 카네이션을 두 송이씩 샀어. 나도 두 송이를 사긴 했어. 하지만 할머니께만 달아 드리게 될 거야. 아빠는 며칠 전에 다녀갔으니까 아마 안 올 거야.

엄마한테 빨갛고 예쁜 카네이션을 달아 드릴 수 없어 슬퍼.

"네가 못 가진 것보다 가진 것들에 기뻐하며 살았으면 좋겠구나."

엄마가 그랬지? 그래서 나에게 조용히 말해 줬어.

"내가 가진 걸 생각해 보자. 내가 가진 거."

최면이라도 걸 듯 혼자 중얼거리는데 얼마 전 텔레비전에서 본 내용이 떠올랐어. 어렵게 사는 아이들에 대한 얘기였는데 나처럼 할머니랑 사는 애들도 있더라고. 교통사고로 부모를 잃고 고아원에 간 애들도 있고. 그 애들에 비하면 난 그래도 행복하단 생각을 했어. 아빠도 계시고, 할머니도 계시고, 동생들도 있으니까. 동생들이 늘 싸워서 나랑 할머니를 힘들게 하지만 그래도 없는 것보단 나은 것 같아. 덕분에 외롭지는 않으니까. 가끔은 집안일도 도와주고 내 편이 되어 주기도 하거든. 엄마 말대로 내가 가진 걸 생각하니까 기쁨이 생겨 나는 것 같아. 앞으로 슬퍼지면 속으로 크게 외칠 거야. "나는 가진 게 많다. 아-주 많다!"

→ 이 글을 읽으니 나도 엄마에 대해 생각해 보게 된다. 나는 엄마가 아파서 누워 있는 걸 한 번도 본 적이 없다. 아, 작년이랑 올해 엄마가 자주 드러눕긴 했다.

하지만 그건 아파서가 아니라 나 때문에 화가 나서였다. 엄마가 자동차 태워 주는 것을 거부하기 전까진 엄마는 매일 아침 아빠와 내가 마실 주스를 갈아서 식탁 위에 준비해 뒀다. 그런 뒤 아침상을 차리고, 내가 다 먹으면 학교까지 자동차로 태워줬다. 다시 돌아와 집안일을 하다가 수업 끝날 시간에 맞춰 학교로 왔다. 학원에서 학원으로의 이동도 엄마 몫으로, 차 안에는 내가 이동하면서 먹을 간식이 항상 준비되어 있었다. 마지막으로 영어 학원 끝내고 집으로 돌아오면 그제야 엄마의 하루 일과도 끝났다. 물론 엄마에겐 아침에 널어 둔 빨래를 걷어서 개키거나 하는 집안일이 남아 있긴 했다.

그러고 보니 엄마가 하루 종일 나를 위해 움직였단 생각이 든다. 여태 한 번도 그런 생각을 해 본 적이 없었는데……. 어쩌면 엄마는 나 때문에 아플 수 없었는지도 모르겠다.

늘 나를 위해 살아온 엄마, 고맙다. 하지만 부담스럽고 싫기도 하다. 엄마가 내가 아니듯, 내 친구도 엄마 친구가 아니다. 그런데도 내 친구를 따지고 비교해서 선택하려는 엄마. 엄마는 모르는 것 같다. 친구란 따지고 비교해서 내 맘대로 골라 살 수 있는 물건이 아니란 걸.

좋은 엄마

“이연주, 이거 뭐니?”

어둡게 가라앉은 저 목소리, 또 뭔가 터졌구나! 서늘해진 가슴을 누르며 고개를 돌렸다. 엄마가 분홍색 파우치를 들고 화장실 앞에서 있었다. 순간 눈앞이 아득해졌다. 어젯밤 깜빡하고 화장실에 그대로 둔 모양이었다. 어쩌지? 짧은 순간 머릿속이 빠르게 회전했다.

“이게 뭐냐고!”

나는 승미를 떠올렸다. 승미라면 어떻게 했을까. 그래, 정면 돌파다.

“화장품 넣는 파우치.”

나는 별일 아니라는 듯 태연히 말했다. 하지만 가슴속은 절구질이라도 하듯 쿵쿵 뛰었다.

"누가 그걸 몰라서 묻니? 너 화장 안 하겠다고 약속했잖아. 그런데 이젠 아주 화장품 가방까지 갖추셨네."

엄마 말이 맞다. 그리고 그건 진심이었다. 하지만 그 화장이란 게 참 묘했다. 비비크림이랑 아이라인 조금 했을 뿐인데 너도나도 예뻐졌다며 한마디씩 했다. 무엇보다 오톨도톨 돋아 징그러운 여드름을 감출 수 있어 좋았다. 한결 자신감도 업되는 것 같았다. 그러다 보니 "이번에만." 하면서 자꾸 하게 됐다. 그렇다고 그게 저렇게 비꼬며 화낼 일일까?

"비비크림이랑 아이라인 정도는 다들 해. 마스카라에 색조화장까지 하는 애들도 수두룩하단 말이야."

짜증을 누르며 되도록 부드럽게 말하려 애썼다.

"네가 어울리는 애들이나 그렇겠지. 미희, 지연이……. 아무도 안 해. 내가 아는 애들 아무도 화장 안 한다고!"

미희랑 지연이는 초등학교 때 친구다. 엄마들끼리는 아직도 종종 만나는 모양이다. 하지만 엄마는 아무것도 모른다. 걔들은 마스카라까지 한다는 걸.

"모르는 소리 마. 걔들은 더해. 집에 들어갈 때야 당연히 지우고 들어가지. 엄마도 그 아줌마들도 눈에 보이는 대로만 믿지? 바보 같이!"

"뭐가 어째? 바보, 너 그게 엄마한테 할 소리야?"

엄마가 노려봤다. 나도 지지 않고 똑바로 엄마 눈을 봤다.

"벌금까지 낸 주제에 뭘 잘했다고 눈 똑바로 뜨고 큰소리야? 죄송하다고 싹싹 빌어도 모자랄 판에 이젠 대놓고 화장질이네! 하긴 날라리들이랑 어울리는데 오죽하겠냐? 그 나물에 그 밥이지."

머리가 핑 돈다. 치미는 화를 누를 수가 없다.

"벌금 낸 게 내 탓이야? 그거 엄마 탓이잖아. 늦은 시간에 머리 감으라고 난리 피운 사람이 누군데!"

"너 지금 그걸 말이라고 해?"

"왜 말 안 되는데? 그리고 염색 좀 하면 어때. 노랑머리 언니도 하잖아. 그 언니 엄만 선생님이래. 그런데도 화장하고 염색해도 아무 말 안 하잖아. 지금 엄마 모습이 어떤지 알아? 고지식한 할머니 같아. 다른 엄마들은 안 그래. 화장품도 사 준다고. 잔소리하는 대신 이왕이면 좋은 거 쓰고 얼굴 망치지 말라고, 알아?"

나도 모르겠다. 될 대로 되라지. 나는 나오는 대로 지껄였다. 속이 후련했다.

"그래, 너 잘났다. 아주 잘났어. 잘난 너랑 못난 내가 무슨 휴전협정이냐?"

엄마는 입술을 앙다물더니 짐 정리를 시작했다.

뷔페 식당에서도 호텔을 나오면서도 우리는 말 한마디 나누지 않았다. 결국 이렇게 됐다. 여행 오기 전처럼 짜증 내고 소리치고. 다시 지옥 같은 시간의 연속이다.

인원 점검을 끝낸 가이드가 '출발'을 외쳤다.

"오늘은 벌금 내는 사람 없나 보네."

"네, 주의 사항을 잘 지켜서 오늘은 아무도 벌금 없습니다."

대머리 아저씨와 가이드의 대화를 듣고 있던 사람들이 깔깔거리며 웃어 댔다. 순간 짜증이 확 밀려왔다.

"어제는 저 사람들이 벌금 냈는데."

사람들이 모두 우리를 향해 이렇게 말하는 것 같았다. 나도 모르게 힐끗 엄마를 봤다. 굳은 표정으로 앉아 있던 엄마가 갑자기 가방을 챙기더니 뒷자리로 향했다. 45인승 버스라 빈자리가 많았다. 앞으론 따로 앉을 모양이다. 눈치 안 봐도 되고 차라리 잘됐다.

"드디어 오늘, 여러분이 고대하던 백두산 천지를 보러 갑니다. 어젯밤 비 때문에 천지 못 볼까 가슴 졸인 분들 많으시죠? 아침에 해가 나서 안도하셨을 텐데 안타깝지만 여기 날씨와 백두산 꼭대기 날씨는 상관이 없습니다. 거기 날씨는 수시로 변하는 까닭에 맑다고 천지를 볼 수 있는 것도 아니요, 흐리다고 해서 못 본다고 확신할 수도 없습니다. 여러분, 천지가 왜 천지인지 아십니까?"

가이드의 말에 사람들이 술렁거렸지만 딱히 대답하는 사람은 없었다.

"'천지 사방에서 천지를 보려고 천지에 와도 천지를 못 보고 가는 사람이 천지다'라고 해서 천지랍니다. 그만큼 운이 따라 줘야 천지를 볼 수 있단 뜻이죠."

"와아-." 하고 사람들이 일제히 감탄사를 내질렀다.

하지만 내 귀엔 아무것도 들어오지 않았다.

숙제 다 했는데도 휴대전화 안 해 주기만 해 봐. 나는 입술을 앙다물고 다시 일기장을 펼쳤다.

6월 15일

엄마, 어젯밤에 아빠가 왔어. 언제나처럼 술에 잔뜩 취해서 밤늦게 왔어. 우린 또 날벼락 맞았지 뭐. 우리 모두를 죄다 깨워서는 한 말 또 하고 또 하고……. 꾸벅꾸벅 졸면서 억지로 앉아 있었는데 눈 뜨니까 아침이더라고. 당연히 아빠는 가고 없었어.

"아빠는 왜 맨날 술 먹고 오는 거야. 짜증 나! 차라리 안 왔으면 좋겠어."

밥상 앞에서 영미가 투덜거렸어.

"저런 버르장머리 좀 봐. 그래도 지 애비는 자식들 먹여 살리려고 죽을똥 살똥 일하는구먼. 고마운 줄도 모르고."

"누가 안 고맙대? 술 안 먹고 오면 좋잖아. 잠도 못 자게 잔소리만 늘어놓고."

"그게 다 너희들에게 미안해서 그런 거야. 보고 싶은데 맨정신으론 볼 자신이 없으니까."

할머니는 영미를 향해 끌끌 혀를 찼어.

하지만 엄마, 나도 할머니 말은 이해가 안 돼. 정말 미안하고 보고 싶으면 술 안 먹고 오면 되잖아. 아빠가 술 먹는 거 우리가 얼마나 싫어하는지 다 알 텐데. 사실 나도 영미나 다른 동생들처럼 아빠 오는 게 하나도 안 반가워. 차라리 안 왔으면 좋겠어. 엄마가 뭐라고 해도 할 수 없어. 술 냄새, 얼마나 싫은지 알아? 잘 때 깨우는 것도 정말이지 너무 싫어. 난 이다음에 술 먹는 남자랑 절대 결혼 안 할 거야. 절대로!

→ 깡순이도 동생들도 정말 힘들겠다. 우리 아빠가 깡순이네 아빠처럼 안 그래서 정말 다행이다. 아빠도 술을 마시긴 한다. 하지만 술 마셨다고 나를 앉혀 놓고 잔소리하는 일은 절대 없다. 얼굴만 빨갛지 술 마셨을 때랑 안 마셨을 때랑 별 차이가 없다. 아, 있다. 술 마시면 용돈을 잘 주신다. 그래서 난 아빠가 술 마시면 좋던데.

6월 22일

엄마, 내 꿈이 뭔지 알아?

난 꿈이 두 가지야. 하나는 좋은 엄마가 되는 거, 시시하지? 하지만 엄마가 그렇게 말하면 안 돼. 내가 이런 꿈을 갖게 된 건 순전히 엄마 때문이니까. 난 내 아이들이 나를 그리워하지 않도록 오래오래 같이 있어 줄 거야.

또 하나는…… 요즘 생긴 꿈인데 국사 선생님이 되는 거야.

엄마, 내가 국사 선생님 얘기했었나? 우리 국사 선생님 정말 잘생겼다. 키도 크고, 말도 진짜 재밌게 하셔. 보통은 그럼 성격이 나쁘든가 뭔가 다른 결점이 있어야 하는데 그 선생님은 성격까지 좋아. 완벽 그 자체야. 그러니 내가 안 좋아할 수가 있겠어? 문제는 나만 좋아하는 게 아니란 거야. 우리 반 여자애들 대부분이 선생님을 좋아해. 뭐 안 좋아하면 그게 더 이상한 거지. 그래서 경쟁이 무지 치열해. 서로 자기 거라고. 히히, 표현이 좀 그렇지?

우리들끼리 서로 국사 선생님이랑 결혼할 거라고 야단이야. 그렇게 멋진 분이 총각이라는 게 도무지 믿기지 않지만 얼마나 다행이야. 그렇게 경쟁이 치열하니 서로 선생님 눈에 띄려고 야단도 아냐. 어떤 애는 수업 시간마다 음료수를 사다 놓는다. 뇌물로 선생님을 꼬시려는 거지. 난 그런 치사한 방법은 안 써. 사실 뇌물로 쓸 돈도 없지만.

아무튼 그래서 내가 선택한 게 뭔지 알아? 바로 공부야. 국사 과목을 아주 잘해서 선생님 눈에 띄는 거지. 선생님들은 자기 과목 잘하는 애는 꼭 기억하거든. 다른 애들이 대답을 못 할 때는 으레 그 아이를 불러 답을 묻기도 하고. "봐라, 너희들은 몰라도 얘는 안다. 이렇게 내 과목을 열심히 하는 애도 있다." 뭐 이런 과시욕이지. 그럼 어때, 선생님이 나를 알아봐 주는데. 게다가 그 방법은 돈 한 푼 안 들거든. 솔직히 이건 아무나 할 수 있는 방법은 아냐. 특히 국사를 싫어하는 애는 죽었다 깨어나도 못 해. 히히, 하지만 난 그 과목이 재미도 있더라고.

엄마, 내가 국사책 표지를 몇 번이나 다시 싼 줄 알아? 달력으로 쌌는데 너덜너덜해져서 벌써 다섯 번이나 새로 쌌다니까. 그게 다 내가 읽고 또 읽어서 그런 거야. 그러니 국사를 잘할 수밖에 없지. 우리 반 애들도 내 국사 실력만큼은 인정해 줘. 그걸 어떻게 아느냐 하면, 보통 시험이 끝나면 답을 맞혀 보려고 우리 반 일등에게 달려가거든. 그런데 국사만큼은 다들 나한테로 와. 그럴 때면 난 세상 그 누구도 안 부러워. 내가 아주 중요한 사람이 된 것 같거든.

하지만 엄마, 아마 국사 선생님처럼 멋진 국사 선생님이 되고 싶은 내 꿈은 이룰 수 없을 거야. 대학을 나와야 선생님이 될 수 있다는데 난 대학엔 갈 수 없을 테니까. 술고래 아빠가 나를 대학까지 보낼 수 없을 게 분명하잖아. 보낼 능력이 된다 해도 남동생들 때문에 내 차례까지 오긴 힘들거야. 할머니도 요즘 많이 편찮으시고……. 그래도 미리 포기하진 않을래. 난 깡순이니까. 엄마, 그렇지?

→ 눈물이 핑 돈다. 세상에는 이렇게 하고 싶어도 할 수 없는 애도 있구나. 깡순이는 정말 멋진 국사 선생님이 될 수 있을 텐데. 꿈을 이룰 수 없는 상황에서도 꿈을 꾼다는 건, 멋져 보이긴 하지만 엄청 비참하고 슬플 것 같다. 그런데도 미리 포기하지 않을 거라는 깡순이. 깡순이란 별명이 참 잘 어울린단 생각이 든다.

그런데 깡순이는 벌써 꿈이 두 개나 된다. 나보다 훨씬 나은 애 같다. 난 아직 뭐가 되고 싶은지 모르겠는데. 그렇지만 좋은 엄마가 되고 싶다는 꿈은 좀 그렇다. 내 생각에도 그건 시시하다. 엄마는 결혼만 하면 누구나 될 수 있다. 특별한 노력 없이도 말이다.

펜을 놓고 내가 쓴 글을 읽어 봤다. '좋은 엄마'란 말이 머릿속에서 떠나질 않는다. 도대체 '좋은 엄마'란 어떤 엄마일까? 깡순이 말대로 오래오래 같이 있어 주면 좋은 엄마일까? 아니면 아이가 원하는 걸 다 해 주는 엄마? 우리 엄마는 좋은 엄마일까? 아, 모르겠다. 정말 좋은 엄마란 어떤 엄마일까? 인터넷에 검색해 보면 나올까? 휴대전화가 있다면 당장 검색해 볼 텐데.

백두산 천지에서

드디어 버스가 서파 산문에 도착했다.

백두산 천지로 가는 길은 동파, 서파, 남파, 북파 이렇게 네 곳. 그 중 서파, 남파, 북파는 중국 쪽에서 오르는 길이고, 동파만이 북한 쪽에서 오를 수 있단다.

일반 관광객들은 주로 서파를 이용하는데, 버스가 정상 가까이까지 올라가기 때문에 계단을 따라 30~40분 정도만 올라가면 된단다. 결국 서파가 가장 편하고 쉬운 길이란 뜻.

산문을 출발한 셔틀버스가 구불구불 휘돌며 등성이를 올라갔다. 산 중턱을 지나면서 무성하게 자라던 자작나무는 점점 사라지고 야생화 가득한 초원이 펼쳐졌다.

찌뿌듯하던 하늘이 기어이 비를 뿌리기 시작했다. 아쉬운 탄성이 곳곳에서 터져 나왔다. 신이 난 건 비옷을 파는 중국인들이었다.

"비옷 준비 안 한 분은 여기서 사세요. 올라가면 세 배 비싸집니다."

가이드의 말에 너도나도 비옷을 샀다. 엄마도 20위안 주고 두 개를 샀다. 중국 돈 1위안이 우리나라 돈으로 200원쯤 된단다. 그러니까 20위안은 우리나라 돈 약 4,000원.

엄마는 아무 말 없이 그중 하나를 내 무릎 위로 던지듯 놓았다. 다들 비옷을 껴입기에 나도 옷 위에 덧입었다. 금방 찢어질 듯 약해서 2,000원이라도 싸다는 생각이 들지 않았다.

주차장은 셔틀버스로 가득했다. 천지를 향해 지그재그로 뻗은 계단엔 파란 비옷을 입은 사람들이 개미 떼처럼 줄지어 올라가고 있었다.

"저 많은 사람 좀 봐. 입장료도 비싸던데, 하루에 중국에서 벌어들이는 돈이 대체 얼마야? 속 쓰리네. 얼른 동파 쪽 길이 열려야지. 이왕이면 그 돈 북한으로 들어가면 좋잖아. 그래도 같은 민족인데."

무리 중에 누군가가 말했다. 나도 고개가 끄덕여졌다. 남보다야 그래도 같은 민족이 잘사는 게 낫지.

정상을 향해 뻗은 계단을 오르기 시작했다. 엄마랑 같이 가는 게 불편해서 나는 걸음을 빨리했다. 돌아보니 엄마는 다른 아줌마랑 나란히 오고 있었다.

비옷 때문에 더워서 죽을 지경이었다. 다행히 반쯤 올라가자 비가 그치더니 반짝 해가 났다. 그러자 순식간에 비구름이 걷히면서 푸른 능선을 따라 핀 야생화들이 찬란한 모습을 드러냈다. 어디선가 알프스의 소녀 하이디가 툭 튀어나올 것 같은 풍경에 입이 딱 벌어졌다.

"힘들면 쉬엄쉬엄 올라가."

낯익은 목소리에 돌아보니 노랑머리 언니의 엄마다. 아줌마가 낱개 포장된 초콜릿을 한 주먹 내밀었다. 나는 초콜릿을 받아 주머니에 넣으며 꾸벅 인사했다.

"언니는요?"

"저 뒤에. 천천히 올라오겠대. 엄마가 네 걱정 많이 하시더라."

뭐야, 이 사람 저 사람한테 다 얘기한 거야? 짜증 나.

"연주야, 엄마한테 시간을 좀 줘. 여태 모든 시간을 너를 위해 보냈는데 갑자기 네가 반기를 들면 엄마는 얼마나 당혹스럽겠어."

갑자기 몹쓸 말썽쟁이가 된 기분이었다. 나는 입을 꾹 다문 채 걷기만 했다.

"혹시 우리 주희한테 얘기 들었니? 우리 상담소도 다녀왔다는 거."

나는 고개를 저었다. 노랑머리 언니 이름이 주희였구나.

"주희가 작년에 두 번이나 가출했었거든. 이것저것 요구하는 엄마 때문에 힘들었나 봐. 상담 선생님이 그러시더라. 사춘기 때는 독립된 인격체로 성장하기 위한 단계니 간섭하고 명령하는 대신 한 발 물러서서 바라보라고."

듣던 중 반가운 말이다. 제발 우리 엄마한테도 좀 해 줬으면 싶었다.

"그런데 그게 생각처럼 쉽지 않단다. 자기 자식 잘못되라고 잔소리하는 엄마 없잖아. 먼저 경험했으니까 조언하고 바로잡아 주면 굳이 힘들게 돌아갈 필요 없으니까, 이왕이면 덜 힘들고 더 나은 길로 갔으면 싶어서. 그래서 자꾸만 간섭하고 닦달하게 되지. 내 자식이니까……. 엄마도 그러실 거야."

아줌마 목소리가 잦아들었다. 마치 주희 언니에게 하고 싶은 말을 내게 하는 느낌이었다. 엄마도 지금 아줌마랑 같은 마음일까? 갑자기 코끝이 시큰해 온다. 상황 판단 못 하고 금방 눈물이 똑 떨어질 기세다. 나는 비옷에 달린 모자를 눈까지 푹 눌러 썼다.

"힘드니? 연주도 운동 좀 해야겠구나. 거기서 좀 쉬었다 천천히 올라오렴."

내 걸음이 눈에 띄게 느려지자 아줌마가 말했다. 다행이다. 나는 힘든 척 옆에 있는 나무의자에 앉았다. 조금 전까지 햇살이 눈부셨는데 그새 안개구름이 밀려와 산을 뿌옇게 덮었다. 아줌마 모습이 안개 속으로 사라지자 나는 다시 계단을 오르기 시작했다.

마침내 '해발 2,750미터'란 푯말이 눈에 들어왔다.

드디어 정상이다. 목청껏 "야호!" 하고 소리치고 싶은 걸 겨우 눌렀다.

계단이 끝나고 평평한 정상으로 몇 발짝 걷자 북한과 중국의 경계선을 알리는 비가 서 있었다. 앞쪽엔 '중국', 뒤쪽엔 '조선'이라 적혀 있었다. 경계비를 기준으로 이쪽은 중국, 저쪽은 북한이라는 게 실감 나지 않았다. 혼자 이쪽, 저쪽을 오가며 북한과 중국을 넘나들었다.

"와아—."

갑작스런 함성 소리에 사람들이 몰려 있는 쪽으로 달려갔다.

수많은 사람들이 천지 쪽을 내려다보고 있었다. 하지만 천지는 짙은 안개에 덮여 아무것도 보이지 않았다. 영어, 중국어, 한국어, 서로 다른 언어들이 아지랑이처럼 피어올라 천지를 덮은 안개 너머로 사라졌다. 지금 모두의 소망은 하나다. 오로지 천지를 보는 것.

얼마나 지났을까. 강풍과 함께 안개와 구름이 한쪽으로 밀리기 시작했다. 이내 푸른빛의 천지가 서서히 모습을 드러냈다.

"와아—."

사람들의 함성이 우레가 되어 천지를 흔들었다.

"천지다! 천지가 보인다!"

뒤이어 퍼지는 사람들의 외침. 그런데 다음 순간 하얀 안개가 다시 힘차게 밀고 왔다. 천지는 하얀 안개 속으로 사라졌다.

"아–."

이번에는 아쉬운 탄식이 울려 퍼졌다.

안개 속에 잠긴 백두산 천지, 어디가 천지고 어디가 하늘인지 분간이 안 된다.

한동안 바람과 안개의 줄다리기는 계속되었다. 그때마다 사람들의 함성도 커졌다 작아졌다를 반복했다. 그러더니 마침내 커다란 표주박 안에 한가득 담긴 파란 천지가 오롯이 모습을 드러냈다.

"와아–."

천지를 흔드는 우레 같은 함성! 모두 한마음이 되어 천지를 가슴에 담았다.

나도 모르게 눈물이 핑 돌았다. 이렇게 모두 하나가 될 수 있다는 사실이 감격스러웠다. 우리는 천지에서 눈을 떼지 못했다. 천지, '하늘의 연못'이라더니 그 말이 딱 어울렸다.

"엄마, 신기해. 이렇게 높은 산꼭대기에 저렇게 많은 물이 어떻게 고일까?"

"지하수 때문이야. 아까 가이드가 그랬잖아. 70%는 지하수고, 30% 정도만 빗물이라고. 아니면 천지 물이 항상 저렇게 유지될 수가 없지. 그래서 더 신비로운 거고."

바로 옆에서 들리는 소리에 나는 고개를 돌렸다. 모녀 간인지 다정하게 팔짱을 끼고 있는 모습을 보니 부러웠다. 아침에 내가 좀 참을 걸, 하는 생각이 밀려왔다. 그랬다면 나도 엄마랑 팔짱을 끼고 천지를 내려다보고 있을 텐데.

"아리랑 아리랑 아라리요-."

어디선가 나이든 여자의 노랫소리가 들려왔다. 처음엔 누군가 카세트테이프를 틀어 놓은 줄 알았다. 탁 트인 목소리가 너무 구성진 탓이었다. 누구지? 나는 목소리의 주인공을 쫓아 발걸음을 옮겼다. 세상에, 공중할머니다. 할머니가 천지를 내려다보며 부르고 있었다. 어깨가 리듬을 타며 너울거렸다. 백두산 천지에서 울려 퍼지는 아리랑. 가슴속에서 뭔가 꿈틀거리며 올라왔다. 나만 그런 기분인 게 아닌 모양이었다. 주위가 조용해지더니 흥얼거림이 동심원처럼 퍼져 나갔다.

"아리랑 고개로 나를 넘겨 주소……."

낮게 따라 부르는 사람들의 목소리가 촉촉이 젖어들었다.

늘 맨 앞에서 열심히 강의를 듣던 일흔아홉의 할머니. 할머니의 아리랑이 가파른 비탈길을 달려 천지 저편을 향해 달음박질쳤다. 끊어질 듯 끊어질 듯 이어지는 아리랑. 그래서 그런지 더 가슴을 울리는 것 같았다.

"백두산에서도 한글로 된 깃발이나 현수막 같은 건 절대 꺼내시면 안 됩니다. 그리고 백두산에서 특히 주의하실 것이 있습니다. 특정 구호나 애국가 제창, 묵념, 제례의식 같은 게 금지되어 있으니 꼭 지켜 주세요."

서파 산문에 내리기 전 가이드가 몇 번이고 당부했던 말이 떠올랐다. 아리랑은 우리나라 민요다. 애국가만큼 우리 민족혼을 대표하는 곡이다. 그런 노래를 여기서 불러도 괜찮을까? 걱정스러웠다. 그때였다.

"할머니, 그런 노래 부르시면 안 됩니다!"

땀범벅이 된 가이드가 허겁지겁 달려오며 소리쳤다. 얼마나 마음이 급했는지 달려오면서 두 손을 마구 내저었다.

"여기가 어디 지들 땅인가? 우리 민족이 사는 땅에서 우리 민요도 못 부르나."

어느 쪽에선가 불쾌한 아저씨의 목소리가 날아왔다.

"북한 땅이지만 지금은 중국에서 빌려 쓰고 있잖습니까. 그러니 그들이 금지하는 걸 하면 안 됩니다. 그동안 수없이 말씀드렸지 않습니까. 저 좀 살려 주십시오."

가이드 얼굴은 이제 파랗게 질려 있었다. 그러자 뒤따라온 강사가 나섰다.

"여러분 마음은 알지만 여기선 참으셔야 합니다. 잘못하면 출국을 못 할 수도 있어요."

강사의 말에 여기저기서 웅성거리던 소리가 잦아들었다.

"어이구, 나 때문에 이거 미안하게 됐구려. 그렇게 오고 싶었던 백두산에서 저 파란 천지를 보니 가슴이 울컥해서 내가 참지를 못했네. 미안해요."

할머니는 가이드의 마음을 다독여 주려는 듯 가이드 손을 자꾸 쓰다듬었다. 가이드는 그때까지도 색색거리며 숨을 몰아쉬었다.

"정말 미안하우. 그만 화 푸시오. 백두산이 어떤 산이우. 우리 민족의 혼과 얼이 숨쉬는 신령스러운 산 아니오. 그토록 와 보고 싶었던 곳인데 이렇게 앉아 천지를 보고 있으니 꿈 같기도 하고, 너무 감격스러워서……. 백두산에 와서 그 보기 힘들다는 천지도 봤으니 난 이제 아무 여한이 없다우."

빙그레 웃는 할머니 눈이 촉촉이 젖어 있었다. 그러자 가이드 얼굴이 조금 누그러졌다.

"네, 어르신 마음을 어찌 모르겠어요. 우리 모두 같은 마음인걸요. 그래도 공안들 눈에 안 띄어 다행입니다."

인솔 강사가 할머니를 껴안으며 말했다.

"탐방단 여러분! 그럼, 여기서 단체로 기념사진 하나 찍겠습니다."

분위기를 바꾸려는 듯 인솔 강사가 밝고 힘차게 소리쳤다. 그 바람에 덩달아 밝아져서 우리는 천지를 배경으로 앉고 서며 단체 사진을 찍었다.

"여러분, 다른 곳으로 이동해야 하니 이제 내려가십시오."

가이드가 말했다.

그 사이 오롯이 모습을 드러냈던 하늘 연못은 안개 속으로 사라졌다. 자욱한 안개를 뒤로한 채 나는 탐방단을 따라 천천히 계단을 내려왔다.

강산이

정류장에서 셔틀버스를 타고 내려오다 제자하에 들렀다. 사다리 모양의 하천이란 뜻에서 제자하란다. 굳어진 용암 사이로 천지 물이 흘러들면서 생겨났다는데 물이 정말 깊고 맑았다. 다음으로 들른 곳은 금강대협곡. 입구에서부터 쭉쭉 뻗은 나무들이 하늘에 닿을 듯 치솟아 있었다. 관광객을 위해 만든 나무다리를 따라 울창한 원시림 속을 걸었다. 알싸한 나무 냄새가 번져 왔다. 코를 벌름거리며 걷는데 강산이 엄마 목소리가 들렸다.

"연주는 참 얌전한 것 같아요. 모범생이죠? 공부도 잘하고."

화들짝 놀라 소리 나는 쪽을 봤다. 조금 앞에 엄마랑 강산이 엄마가 나란히 걷고 있었다. 그 앞으로 강물이랑 강산이가 아빠와 장난을 치며 뛰는 모습이 보였다.

"네. 그런데 요즘엔 잘 모르겠어요. 사춘기라 그런지 낯선 행동도 하고……. 저번에도 뜻밖의 모습에 깜짝 놀랐거든요. 강산이도 그래요?"

뜻밖의 모습? 엄마가 뭘 가지고 하는 말인지 안다. 분명 그 카페 건일 거다. 엄마와 나 사이가 극도로 나빠진 것도 바로 카페 때문이었다.

2학년 학기 초였다. 운 좋게도 나랑 승미, 수아는 다시 같은 반이 되었다. 민지는 다른 반이지만 다행히 바로 옆 반이라 우리는 여전히 똘똘 뭉쳐 다녔다.

그날도 우리 넷은 우르르 네일아트 학원으로 몰려갔다. 민지가 드디어 엄마 허락을 받아 학원에 다니게 된 것이다. 그런데 학원 두 곳을 놓고 결정을 못 하겠대서 함께 둘러보러 간 거였다. 사실 가면서도 중학생에게 네일아트 학원은 너무 이른 게 아닌가 싶었다. 그런데 가 보니 초등학생, 게다가 2학년 애도 있었다. 원장님은 그 아이가 최연소 원생인데 정말 재능 있는 아이라며 칭찬을 아끼지 않았다. 또 하나 놀라운 건 네일아트 재료비가 엄청 비싸다는 것.

"야, 그래서 허락받는 데 이 년이나 걸렸잖아. 그것도 엄마 친구분

들께 내 솜씨 발휘해 가며 응원표 받은 덕분이라고."

민지는 몇 번이나 들은 얘길 또 하며 으스댔다.

우리는 요것조것 따지며 두 학원을 비교했다. 그 덕분에 일주일 넘게 해 온 민지의 고민을 바로 해결할 수 있었다.

"역시 친구가 좋다니까! 학원 등록 기념으로 내가 노래방 쏠게. 가자."

민지 말이 떨어지자 우리는 노래방으로 몰려갔다.

신 나게 놀고 집으로 돌아와 인터넷 영어 강의를 듣고 있을 때였다. 띠링, 문자 알림이 울렸다.

"짱들아, 노래방 사진 올렸당. 보셩."

수아의 문자였다.

벌써? 마침 강의도 다 들은 터라 홀가분한 맘으로 날나리 카페로 들어갔다.

카페는 승미랑 수아, 민지 셋이 회원이던 때부터 이미 만들어져 있었다. 각자의 방이 있어서 자신의 작품이나 관련 정보를 올렸다. '미짱 룸'이란 내 방도 있지만 내 방에 불이 켜지는 일은 거의 없었다.

'재잘재잘' 방에 빨갛게 'New' 불이 들어와 있었다. 클릭하자 '네짱-학원 등록 기념 노래방-샤랄라♡'란 제목이 떠 있었다. 댓글이 두 개 달린 걸 보니 그새 모두 다녀간 모양이었다.

사진은 네일아트 학원에서 찍은 것도 있었다. 잠시 수강생들의 실습 상대가 되어 손톱을 내주었는데, 너무 예뻐서 기념으로 찍었었다.

노래방 사진을 보니 그때의 기분이 고스란히 떠올랐다. 아는 노래가 없어 쑥스러워하며 겨우 한 곡 불렀는데도 수아는 내가 열창 중인 것처럼 아주 잘 찍었다. 사진은 역시 작정하고 찍는 것보다 이런 순간 포착이 생동감 있고 재미있다.

"ㅋㅋ 사진 쥑인돠~. 연짱, 장래희망 다시 생각해 봄이 좋을 듯……."

댓글을 달고는 화장실로 향했다. 로그아웃을 하고 갈까 하다 잠깐인데 싫어 후닥닥 다녀왔다. 그런데 방 안으로 들어서다 기절할 뻔했다. 컴퓨터 앞에 엄마가 떡하니 앉아 있었던 거다.

"엄마, 지금 뭐 하는 거야!"

나는 반사적으로 달려가 자판으로 손을 뻗었다. 카페 화면을 닫을 생각이었지만 엄마 손이 더 빨랐다.

"이게 다 뭐니?"

엄마 목소리는 낮고 차분했다. 반대로 그건 속이 부글부글 끓고 있단 뜻이다. 나는 입을 꾹 다물었다. 잘못하다간 활활 타도록 부채질만 하는 꼴이 될 것이기 때문이었다.

엄마는 '재잘재잘' 방에 올라 있는 글들을 차례로 클릭했다. 거기엔 그동안 우리의 행적이 고스란히 담겨 있었다. 짙은 화장에 짧은 치마를 입고 명동을 누비는 모습, 남산의 벚꽃 길, 만짱을 위해 갔던 만화 가게, 연짱을 위해 섭렵했던 옷 가게들……. 그 사진들이 엄마의 눈에 어떤 식으로 비칠지는 너무나 훤했다. 해명이 필요했다.

"엄마, 이거……."

"입 다물어. 네 변명 듣고 싶지 않아."

엄마는 다른 방들도 클릭했다. 승미의 방엔 주로 승미가 그린 만화들, 민지의 방엔 네일아트 사진들, 수아 방엔 연예인들의 이력이나 화보 들이 올라 있었다. 프로필 사진이라며 청순, 섹시, 명랑, 분위기, 여러 콘셉트로 찍은 수아 사진과 대본 들도 있었다. 하지만 엄마 눈에는 쓸데없는 잡동사니로 보일 게 뻔했다. 엄마는 닥치는 대로 마구 클릭했다. 엄마가 찾는 건 오직 하나, 낯선 모습의 딸 사진뿐. 그 때마다 엄마 얼굴은 점점 더 일그러졌다.

"얘가 정말 너 맞니? 내 딸 연주 맞는 거야?"

엄마가 나와 사진 속 나를 번갈아 보며 물었다.

"믿을 수가 없어. 네가 어떻게……. 그럼 얘들이 네가 말한 그 친구들이야?"

"엄마, 지금 무슨 생각하는지 알아. 그런데 내 친구들 그런 애들 아냐. 정말 괜찮은 애들이야. 내가 얘기해 줄게. 엄마 얘는……."

"무슨 설명이 더 필요하니? 여기 이렇게, 니들의 만행이 고스란히 담겨 있는데. 카페 이름만 봐도 알겠다. 날라리가 그렇게 좋아 보이던?"

"그런 거 아니라니까. 내 말 좀 들어 봐, 엄마."

"그동안 네가 수없이 엄마 말을 거스르고 반항했지만 그래도 너를 믿었어. 그 빌어먹을 사춘긴지 뭔지, 잠시 그러다 말겠지, 다들 그런다니까. 그런데 이게 뭐니? 도대체 네가 어쩌다 이 지경까지 됐냐고!"

엄마는 세상이 끝난 것 같은 표정이었다. 그런 엄마를 보자 어떤 설명도 소용없을 거란 생각이 들었다. 아니 설명하고 싶지도 않았다.

"겨우 이런 짓 하려고 엄마한테서 그렇게 벗어나려고 한 거야? 인격이니 독립이니 하더니 이게 네가 원하던 거였어?"

엄마는 이때다 싶었는지 그동안의 감정까지 몰아서 폭포처럼 쏘아댔다. 숨이 막혔다. 쏟아지는 폭포를 거세게 맞부딪치며 튕겨 나가고픈 충동이 부글부글 끓어올랐다.

"그래, 엄마. 나 그런 애야. 여태 몰랐어? 나, 담배도 피워."

도대체 내가 무슨 말을 하는 걸까? 피우지도 않는 담배 얘긴 왜! 그런데 뒤로 넘어갈 듯한 엄마 표정을 보니 속이 시원했다. 자이로드롭을 타고 수직낙하 할 때처럼 짜릿했다.

"그래, 잘 하는 짓이다. 네가 아주 막장으로 가는구나."

엄마는 두 손으로 있는 힘껏 내 등을 후려쳤다. 몸이 통째로 흔들렸다. 아프기보단 후련했다.

"이연주! 무슨 생각을 그리 하냐?"

누군가 내 팔을 잡고 흔들었다. 내 눈을 들여다보며 벙시레 웃는 아이, 강산이다.

"그냥 뭐. 늘 강사님 쫓아 허겁지겁 다니다가 한가롭게 걸으니까 좋다."

"그렇지? 나도! 시원한 그늘이라 더 좋다. 어디 누워 낮잠이나 잤으면 딱 좋겠다."

강산이가 내 손을 잡았다. 나란히 걸으니 좋다. 역시 혼자 보단 둘이 더 좋다.

"강산아, 사람 성격은 이름을 따라가는 걸까? 아님 원래부터 갖고 태어나는 걸까?"

강산이가 동그래진 눈을 데굴거리더니 어깨를 으쓱했다.

"너 볼 때마다 그런 생각 들었어. 강, 산! 씩씩하고 힘찬 이름이잖아. 그 이름 때문에 네가 씩씩하고 밝은 걸까, 아님 넌 원래부터 밝고 씩씩하게 태어난 걸까, 하고."

"재밌네. 난 그런 생각 해 본 적 없는데. 나중에 내가 한번 연구해 볼까?"

"좋아. 연구 결과 나한테도 꼭 알려 주기!"

내 말에 강산이가 고개를 끄덕이며 깔깔 웃었다.

얼마쯤 걷자 요란한 물소리와 함께 거대한 협곡이 펼쳐졌다. 백두산이 화산 폭발을 일으킬 때 용암이 흘러내리면서 만들어졌다는 협곡에는 아직도 불에 탄 나무의 흔적이 그대로 남아 있었다. V 자 모양으로 패인 벼랑에는 세월에 깎이고 다듬어진 갖가지 형상의 바위들이 우뚝우뚝 솟아 있었다. 가이드 말대로 미국의 그랜드 캐니언이 떠오르는 풍경이었다.

"너, 엄마랑 냉전 중이지?"

강산이가 저만치 앞서가는 엄마들 쪽을 힐끗 보며 물었다. 나도 모르게 한숨이 나왔다.

"우리 엄마도 네 엄마처럼 그냥 믿고 바라봐 줬으면 좋겠어. 시시콜콜 간섭하고 참견하는 거 정말 싫어."

"난 네가 부러운데, 넌 내가 부럽다고 하네."

"내가 뭐가 부러워. 난 휴대전화도 없단 말이야. 엄마가 자기 말 안 듣는다고 맘대로 해지해 버렸어."

"그래서 난 네가 부러워."

"뭐? 너 지금 나 놀리니?"

난 강산이를 향해 얼굴을 찡그렸다.

"연주야, 우리 엄마 새엄마다."

새엄마? 난 잘못 들은 줄 알았다.

"네가 부러워하는 우리 엄마, 새엄마라고."

나도 모르게 발걸음이 뚝 멎었다. 뭔가 묵직한 것에 뒤통수를 맞은 느낌이었다.

"야, 장난하지 마."

"장난 아냐. 진짜 새엄마야. 친엄마는 나 초등학교 때 아빠랑 이혼했어. 나랑 아빠랑 한 이 년 살았나? 그러고 새엄마랑 결혼했어. 그때 강물이가 다섯 살이었는데 나를 잘 따르더라고. 나도 혼자 외로웠는데 '언니, 언니' 하는 동생 생기니까 정말 좋았고. 애가 되게 귀엽잖아."

강산이가 웃었다. 내가 봐도 강물인 귀엽다. 둘이 친자매가 아닐 거라곤 상상도 못 할 만큼 사이도 좋았다.

"하지만 동화책에 나오는 것처럼 못된 계모 아냐. 나한테 참 잘해 주셔. 그렇지만 또 깍듯하기도 해."

"그럼 좋잖아."

내 말에 강물이는 말없이 걷기만 했다. 그러다 한참 만에 말을 이었다.

"너, 혼자 친척 집에 놀러 가 본 적 있어? 되게 잘해 주고 친절하지만 편하진 않잖아. 그냥 손님 같은 느낌이라고 할까. 내게 새엄마도 그래. 강물이한테는 야단 치고 화도 내시는데 나한텐 안 그래. 나한테도 그래 줬음 좋겠는데……. 새엄마도 친딸이 아니니까 조심스럽겠지. 암튼 여행 내내 네가 정말 부러웠어. 너랑 네 엄마가 다투는 모습 보며, 너도 엄마도 정말 편해 보였어. 진짜 엄마랑 딸이구나 싶고."

나는 강산이를 봤다. 눈이 마주치자 강산이가 얼른 고개를 돌렸다. 잠깐이었지만 강산이 눈에 어른거리는 물기를 본 것 같았다.

"그거야 네가 너무 잘하니까 그렇지. 넌 야단칠 게 없잖아. 나처럼 화장도 하고 염색도 해 봐. 너희 엄마도 폭풍 잔소리 하실걸."

"그럴까?"

강산이가 배시시 웃었다. 그 웃음이 왠지 쓸쓸해 보였다. 가슴 한쪽이 아렸다. 씩씩하고 밝아서 아무 고민 없는 애라고만 생각했는데.

문득 노랑머리 주희 언니가 떠올랐다. 엄마 얘길 하면서 힘들어하던 주희 언니. 겉보기엔 평화로워 보이지만 누구나 자기 몫의 고민을 안고 있구나 싶었다.

위대한 의식의 순간

점심을 먹고 버스는 다시 달리기 시작했다.

통화를 거쳐 심양(선양)까지 가려면 여덟 시간은 달려야 한단다. 중간에 휴게소랑 저녁 식사를 위해 잠시 내릴 뿐 내내 달린단다. 그러니까 이제 내리 달리는 일만 남았다.

"어이구, 차를 왜 이렇게 많이 탄대요. 엉덩이 아파 죽겠네."

이번에도 대머리 아저씨다.

"중국은 한국이랑 달라서 4~5시간 달리는 건 아주 가까운 겁니다. 이틀 걸려서 가는 곳도 수두룩합니다."

가이드의 말에 다들 입을 다물고 말았다.

백두산을 오른 데다 금강대협곡의 원시림 속을 한 시간가량 걸은 탓에 사람들은 금세 코를 골기 시작했다.

엄마는 여전히 뒷자리에 앉았다. 나는 다시 일기장을 꺼냈다.

7월 2일

엄마, 오늘은 엄마 생각이 더 간절한 날이었어.

주번 일을 끝내고 상쾌한 기분으로 자리에 앉았는데 짝꿍 지수가 왔어.

"나 가출할 거야. 더 이상 엄마 잔소리를 참을 수가 없어."

난 "또 시작이구나." 생각했어. 지수는 툭하면 가출 얘길 하거든. 하지만 한 번도 진짜로 가출한 적은 없어. 그래서 가출 얘기 할 때마다 적당히 맞장구 쳐 주면서 흘려들어. 그런데 오늘은 지수 얘길 듣는데 너무 우울했어.

주번이라 학교에 빨리 가야 하는데 할머니가 몸이 아프다며 못 일어났어. 밥해 놨다고 동생들 도시락도 싸 주래. 서둘러 도시락을 쌌는데 밥 먹을 시간이 없는 거야. 할 수 없이 도시락만 챙겨서 학교로 달려왔어. 난 아침을 못 먹어서 배가 고프다 못해 아픈데, 지수는 너무 챙겨 주는 엄마 때문에 가출하겠대.

"세상이 왜 이렇게 불공평한 거야?"

마구 소리치고 싶었어. 딸을 위해 잔소리해 주는 엄마가 있는 지수가 너무 너무 부러웠고.

"내가 가진 것들에 기뻐하자. 내가 가진 것!"

언제나처럼 주문을 외듯 속으로 중얼거렸어.

"나를 걱정해 주는 할머니가 계시잖아. 술고래지만 아빠도 계시고……."

그런데 엄마, 그래도 하나도 기쁘지 않은 거야. 여전히 화나고 속상했어. 친구들은 모두 엄마, 아빠의 사랑을 듬뿍 받으며 사는데 왜 나만 이럴까? 왜 우리 엄마만 일찍 돌아가셔야 했을까? 난 왜 하필 맏이로 태어났을까? 영미나 영주처럼 둘째나 넷째로 태어났다면 지금처럼 내가 하나하나 챙기는 대신 챙김을 받으며 살 텐데.

엄마, 나 혼자 아무도 없는 무인도에 떨어진 느낌이야. 너무 슬퍼. 예전엔 엄마가 자주 아파서 싫었었어. 툭하면 아프고, 다른 엄마들처럼 운동회도 못 오는 엄마가 미울 때도 있었어. 그런데 그때가 얼마나 행복했는지 이제야 알겠어. 아픈 엄마라도 옆에 있는 게 얼마나 행복한지, 얼마나 힘이 되는지. 엄마, 조금만 더 살 수는 없었어? 정말 보고 싶다.

난 이다음에 진짜 건강하게 오래 살 거야. 그래야 내 아이들이 나처럼 엄마를 그리워하지 않을 테니까. 그래서 우리 아이들에게 맛있는 것도 많이 해 주고, 공부도 하고 싶은 만큼 실컷 하게 해 줄 거야. 참고서도 과목마다 사 주고, 지수처럼 학원도 다 보내 줄 거야.

→ 돌아가셨구나. 이혼한 줄 알았는데. 난 엄마 없는 세상은 한 번도 생각해 본 적 없다. 엄마는 언제나 나랑 우리 가족이랑 함께 있는 거고, 그게 당연한 거라고 생각

했다. 깡순이처럼 우리 엄마가 하루아침에 사라진다면……. 끔찍하다. 정말 생각하기도 싫다. 하지만 어쩔 수 없이 그런 일이 생긴다면, 나는 못 살 것 같다. 엄마가 없는 세상에서 어떻게 산단 말인가. 깡순이는 참 강하다. 나랑 나이가 같다는데 나보다 아주아주 강하다. 이렇게 힘들어하면서도 아픈 할머니 도우며 동생들 챙기는 깡순이는 정말 강하다. 어른 같다. 깡순이를 알수록 내가 자꾸 작아지는 느낌이다. 작아지고 작아져서 개미만 해지는 느낌이다. 깡순아, 넌 참 대단한 애야.

깡순이 눈에 지수는 어리광이나 부리는 철없는 아이로 보였을 거다. 가질 거 다 갖고, 누릴 거 다 누리면서도 불평만 해 대는. 하지만 깡순이가 모르는 게 있다. 가질 거 다 갖고, 누릴 거 다 누린다고 해서 꼭 즐겁고 행복한 건 아니란 걸 말이다.

나도 지수처럼 부족함 없이 갖고 누리지만, 엄마 때문에 자주 가출을 생각했다. 엄마와 부딪치는 횟수가 잦을수록 그 충동도 잦아졌다. 특히 날나리 클럽 카페 건 이후론 거의 전쟁 분위기였다. 엄마는 내 변화의 원인이 날나리 클럽에 있다고 확신했다.

"휴대전화 갖고 와."

어느 날 엄마가 결의에 찬 얼굴로 말했다.

"비밀번호 풀어야지."

비밀번호를 풀어 주자 엄마는 문자와 카톡을 뒤지기 시작했다. 순간 이건 아니다 싶었다.

"엄마, 나도 사생활이 있는데……."

"그래서 뭐? 네 사생활 보호한다고 엄마가 딸 휴대전화도 못 보냐? 그렇게 잘났으면 나가서 너 혼자 살아. 그럼 간섭 같은 거 할 필요도 없잖아."

더 이상 할 말이 없었다. 엄마가 이렇게 막나가다니.

"매일 보는 친구를 끊긴 힘들 거고. 너, 전학 가자. 다른 학교 가서 건전한 새 친구들 사귀는 거야. 그럼 예전의 착실한 너로 돌아갈 수 있어."

전학이라니, 숨이 콱 막혔다. 엄마는 새 학교로 전학을 간다는 게 어떤 건지 모른다. 이미 단짝이 있는 아이들 사이에 내가 발을 디민다는 게 얼마나 힘든지를 말이다.

"예전의 내가 어떤 건데? 아무 생각 없는 애? 기계처럼 엄마가 시키는 대로 하는 애? 엄마의 꼭두각시 말이지? 혼자서는 아무것도 결정 못 하는 멍청이 말이지?"

나는 악을 쓰며 소리쳤다. 엄마는 그런 내 모습에 놀라 잠시 아무 말이 없었다.

"전학 가는 게 그렇게 싫으면 그 친구들 끊어. 둘 중 하나는 해. 그리고 방학하는 즉시 네 휴대전화는 압수야."

엄마가 그럴수록 이를 악물고 엇나갔다. 자가용 대신 마을버스를 탔다. 학원은 빼먹었다.

"도대체 뭐가 그렇게 불만이야? 공부만 하라는데 그게 그렇게 힘드냐고!"

엄마가 악을 쓸수록 나는 더 냉정하고 단호해졌다. 하지만 갑작스런 홀로서기는 벅차고 힘들었다. 아이들이 꽉꽉 들어찬 마을버스에서 이리저리 흔들리며 가노라면 지쳐서 공부고 뭐고 만사가 귀찮았다. 가파른 오르막길을 오르다 보면 다리에 쥐가 날 지경이었다. 하루하루가 힘겨웠다.

그러던 어느 날 등굣길에 승미를 만났다.

"무슨 일 있어? 요즘은 엄마가 안 데려다 주시는 것 같더라."

"헬리콥터 맘한테서 벗어나 보려고."

장난처럼 웃으며 말했다. 하지만 승미는 금방 알아챘다.

"엄마랑 냉전 중이구나."

승미가 표정 없는 얼굴로 말했다. 그런 표정의 승미를 보면 이상하게도 의지하고 싶어진다. 어떤 어려운 문제도 단번에 해결해 줄 수 있을 것 같다.

"요즘 머리가 복잡해. 처음엔 엄마한테 반항하느라 학원 빼먹고 숙제도 안 하고 그랬는데, 어느 순간 그런 생각이 드는 거야. 나는 왜 엄마가 짜 놓은 시간표대로 기계처럼 움직여야 하는 걸까? 학원, 학교, 숙제……. 이런 게 다 무슨 의미가 있을까? 나, 참 바보 같지?"

"지금의 네 복잡한 순간을 '위대한 의식의 순간'이라고 하지."

승미가 담담하게 말했다.

"위대한 의식의 순간, 그게 뭔데?"

"네가 말한 그대로야. 네 삶이 무의미하다고 깨닫는 바로 그 순간 말이야."

나는 어깨를 으쓱했다. 역시 무슨 뜻인지 모르겠다.

"난 왜 엄마가 짠 시간표대로 기계처럼 살아야 하지,라고 자각하는 순간이라고 하면 되겠네. 그런 혼란과 자각 후에 네 삶은 분명 달라질 거야. 이제까지와는 다른 네가 될 거란 거지. 그동안 아무 생각 없이 시키는 대로 했던 일도 스스로 가치를 판단해 가며 선택하고 결정하게 되겠지. 그렇게 되었을 때 진정한 너로 살아가게 된다는 거야. 네가 엄마가 될 수 없듯 엄마도 네가 될 수 없잖아. 네 인생이랑 엄마 인생은 다른 거니까."

헉, 나는 또 한 번 하등 동물로 추락했다.

"넌 정말 양파 같다. 한결같은 모습을 하고 있지만 한 껍질 벗기면 또 다른 모습의 네가 있는 것 같아."

"이거 내가 한 말 아냐. 까뮈란 소설가가 한 말이야."

까뮈라니, 듣지도 보지도 못한 사람이다. 내 무지에 나는 또 작아진다.

"그럼 너도 그 '위대한 의식의 순간'인가 하는 시기를 거친 거야?"

"비슷해. 하지만 난 너보다 좀 빨랐어. 초등 5학년 때부터 엄마랑 부딪치면서 반항아로 불렸거든. 그 무렵 미술학원에서 만난 고등학생 언니랑 얘기를 자주 했는데 그 언니가 까뮈란 소설가 얘길 해 주더라. 그래서 찾아서 읽어 봤는데 무지 어렵더라고. 하지만 만화가가 되고 싶은 꿈은 어렸을 때부터 막연히 있었어. 언니 영향이지 뭐. 언니가 만화광이거든."

"넌 엄청 조숙했구나. 난 5학년 때, 엄마 말 안 들으면 세상이 어떻게 되는 줄 알고 살았는데. 하긴 바로 얼마 전까지도 그랬고."

"사람마다 자각의 시간은 다르대. 평생 그 순간을 갖지 못한 채 살다 가는 사람도 많다고 하더라. 그에 비하면 넌 무지 빠르네."

승미가 빙그레 웃었다. 이럴 때의 승미는 모든 걸 초월한 사람 같다. 나보다, 엄마보다, 선생님보다 위에 선 느낌이 든다. 반대로 난 한없이 초라하고 작아지는 느낌이다.

승미는 내 길을 밝혀 주는 등대 같기도 하고 새로운 세계로 인도하는 문 같기도 하다. 하지만 그렇기 때문에 승미는 엄마와 나 사이를 갈라놓는 거대한 지진이기도 하다.

깡순이 눈에 한심하게 비치는 지수도 어쩌면 나처럼 치열하게 자신을 찾아가는 과정에 있는지도 모른다. 위대한 의식의 순간에서 몸

부림치고 있는 건지도 모르겠다.

“자, 모두 일어나십시오. 심양에 도착했습니다. 여기서 저녁 식사하고 기념품 가게 들렀다가 호텔로 이동합니다.”

가이드의 씩씩한 목소리에 탐방단이 하나 둘 잠에서 깨어났다.

옥팔찌

4인분씩 차려진 식탁엔 김치찌개가 보글보글 끓고 있었다. 새콤한 냄새에 절로 군침이 돌았다. 나는 엄마를 따라 제일 안쪽 식탁에 앉았다. 엄마랑 앉기 싫었지만 다들 가족끼리 앉기 때문에 달리 낄 만한 자리가 없었다.

우리가 앉자마자 대머리 아저씨 부부가 맞은편 자리에 앉았다. 어휴, 하필이면 저 아저씨람. 조용히 먹긴 다 틀렸다.

"와, 이게 얼마만이야. 얼큰한 김치찌개엔 우리 소주가 딱인데."

대머리 아저씨는 후룩후룩 요란한 소리를 내며 찌개를 떠먹었다. 그러다 갑자기 나를 빤히 봤다. 나도 모르게 고개를 숙였다.

"야, 너 화장했구나. 아직 어린데 뭔 화장이고? 피부 다 상한다."

"어이구, 남의 일에 신경 쓰지 말고 그냥 밥이나 드세요."

아줌마가 나랑 엄마 눈치를 살피며 말했다.

"이게 어째서 남의 일이야? 어른이라면 모름지기 잘못 가는 아이를 보면 바로잡아 줘야지. 남의 새끼라고 가만두니까 요즘 세상이 이렇게 험해진 거야. 제 말이 틀렸습니까?"

대머리 아저씨가 엄마를 향해 물었다. 엄마가 어색하게 웃으며 고개를 끄덕였다.

나는 아무렇지 않은 듯 고개를 빳빳이 들고 찌개를 떠먹었다. 하지만 찌개도 반찬도 무슨 맛인지 모르겠다. 밥알이 입안에서 마구 굴러다니는 느낌이었다. 전에 주희 언니도 이런 기분이었을까?

식당을 나서니 감옥을 탈출하는 기분이었다.

가이드를 따라 기념품 가게로 향했다. 베개 같은 생활용품에서부터 기능성 속옷, 액세서리 등 여러 물건을 고루 갖춘 곳이었다.

나는 강물이, 강산이와 함께 여러 코너를 휙휙 지나쳐서 눈부시게 반짝이는 액세서리 코너로 향했다.

"언니, 이거 얼마 할까?"

강물이가 진주빛 연분홍 팔찌를 가리키며 물었다. 그러자 강산이가 직원에게 손가락으로 팔찌를 가리켰다. 직원이 중국어로 말하면서 계산기에 '150'을 써서 우리 앞으로 내밀었다.

"150위안이면……. 우리나라 돈으로 3만 원쯤 하는 거지?"

강산이가 나를 보며 물었다. 내가 고개를 끄덕이자 강물이 눈이 둥그레졌다.

"엄청 비싸다. 그치?"

강물이가 팔찌를 보며 입을 삐죽거릴 때였다.

"너희들도 사려고?"

강산이 아빠가 등 뒤에서 물었다.

"응, 친구 주려고. 내가 중국 간다니까 선물 꼭 사 오랬거든. 그런데 아빠, 여기 너무 비싸."

"어른 대상 가게라서 그래. 여기선 그냥 구경만 하고 내일 가는 러시아거리에서 사. 거긴 너희들이 선물용으로 살 만한 것들이 많대."

강물이 아빠의 말에 우리는 구입할 마음을 접고 이리저리 다니며 구경을 했다.

"이거 모두 옥인가 봐. 옥은 푸른색만 있는 줄 알았는데, 여러 색깔이네. 신기하다."

강산이가 전시된 옥팔찌들을 들여다보며 말했다.

"그러게, 나도 이런 옥은 처음 봐."

우리는 여러 종류의 옥팔찌에서 눈을 떼지 못했다. 연분홍, 자주, 검정, 황금색, 청색, 붉은빛이 도는 것까지 색깔이 정말 다양했다.

"언니, 이거 봐. 이거 깨졌어."

강물이가 손가락으로 금빛 옥팔찌를 가리키며 나랑 강산이를 향해 소곤거렸다.

"어디? 난 안 보이는데?"

나는 눈을 부릅뜨고 팔찌 이곳저곳을 살폈다. 하지만 도무지 깨진 부분이 눈에 들어오지 않았다.

"아, 여기 말이야."

답답해진 강물이가 팔찌로 손을 뻗었다. 그러자 강산이가 재빨리 강물이 손을 막았다.

"만지지 마. 아빠가 아까 저녁 먹을 때 그러셨잖아. 만지지 말고 눈으로만 보라고."

"아, 맞다! 언니, 저기 안 보여? 위쪽에서 오른쪽으로 두 번째 알맹이 말이야. 천에 살짝 가려져 있는 곳 봐 봐."

강물이 설명을 따라 천천히 눈길을 옮기자 정말 알맹이 하나에 작게 패인 자국이 눈에 들어왔다. 옥을 싸고 있는 벨벳이 금빛인 데다 옥 속의 무늬들 때문에 깨진 자국이 쉽게 눈에 띄지 않았다.

"와, 저런 걸 어떻게 봤대? 우리 강물이 눈 진짜 좋구나."

"맞아. 이건 완전 보물찾기 수준이야."

나도 입을 쩍 벌리며 강물이 머리를 쓰다듬었다.

"히히, 그 정도 가지고 뭘. 비싸다더니 불량품이다. 그치."

우리 칭찬에 강물이가 으스대며 반지 쪽으로 걸어갔다.

갖가지 모양의 반지들을 보고 있는데 엄마 목소리가 들렸다. 고개를 돌리니 엄마가 불빛에 금빛 옥팔찌를 비춰 보며 직원이랑 얘기하고 있는 모습이 보였다. 엄마 성격에 가만있지 못하고 또 흠집 난 거에 대해 얘기해 주고 있는 게 분명했다.

가게를 나오자 길을 따라 꽃다발과 사탕다발이 즐비했다. 먼저 나온 탐방단들도 꽃다발을 구경하고 있었다.

"와, 많다. 오늘이 무슨 날인가?"

"8월에 졸업식 하는 학교는 없을 테고, 진짜 뭐지?"

나랑 강산이가 꽃다발을 보며 중얼거렸다.

"가이드님이 그러는데 오늘이 칠월칠석이라더라. 칠월칠석이 어떤 날인지 알지?"

공중할머니가 우리 쪽으로 다가오며 말했다.

"네, 견우랑 직녀가 만나는 날이요."

강산이가 얼른 대답했다.

"그래서 여기선 칠월칠석에 관심 있는 이성에게 꽃이나 사탕을 선물한대. 정말 낭만적이지?"

"그럼 밸런타인데이나 화이트데이 같은 거네요."

"그렇지. 우리도 밸런타인인지 뭔지 그런 날 대신 칠월칠석을 챙기면 얼마나 좋아. 그럼 의미도 있고."

"그러게 말입니다, 어르신! 장삿속으로 아무거나 들여올 생각 말고 있는 날을 잘 활용하면 전통도 살리고 좋잖아요."

괄괄한 목소리가 툭 튀어나왔다. 대머리 아저씨였다.

"어이구, 이리 잘 통하는 사람이 있으니 좋네. 나도 댁이랑 똑같은 생각을 했구려."

공중할머니랑 대머리 아저씨가 마주 보고 깔깔 웃어 댔다. 그 바람에 우리는 슬며시 두 사람에게서 떨어져서 꽃다발을 마저 구경했다. 꽃다발도 사탕다발도 엄청 컸다. 작은 인형을 낱개 포장해서 커다랗게 만든 인형다발도 있었다.

"중국 사람들 통 큰 건 알아줘야 해. 이렇게 큰 꽃다발 받으면 앞이 안 보여서 어디 걸어가겠어?"

"맞아. 그래도 기분은 좋을 것 같아."

강산이랑 내가 꽃다발을 보며 킥킥대는데 한국인과 중국인이 싸우는 소리가 들렸다. 우리 모두 소리 나는 쪽으로 몸을 돌린 채 귀를 쫑긋 세웠다.

"아니, 무슨 말이에요? 내가 언제 깼다고 그래요?"

가늘고 날카롭게 솟구치는 목소리, 엄마다. 나는 놀라서 허둥지둥 그쪽으로 달려갔다.

엄마랑 중국 점원, 가이드가 함께 있었다. 그 주위에 탐방단 몇이 모여 있었다.

"이 사람들 말로는 어머님이 이 팔찌를 만졌다는데, 진짜 만졌습니까?"

가이드가 점원 손에 들린 팔찌를 가리키며 물었다.

"네, 잠깐 만지긴 했어요. 하지만 정말 잠깐이었어요. 그리고 얼마나 조심스럽게 다뤘다고요. 맹세코 난 깨지 않았어요."

"어이구, 어머니! 왜 만졌어요? 제가 쇼핑 오기 전에 눈으로만 보라고 주의 사항 말씀드렸잖아요. 괜히 만졌다간 통으로 물어내게 된다니까요!"

가이드가 얼굴을 찡그리며 한숨을 내쉬었다.

"아니, 살짝 만지기만 했는데 어떻게 그게 깨져요?"

엄마가 울상을 짓는 동안 중국인 여자 점원 둘은 손가락질을 해 가며 중국어로 쉴 새 없이 떠들어 댔다. 꼭 따발총을 쏘는 것 같았다.

"이 사람들한테 그런 말 안 통해요. 옥구슬 하나가 깨져서 물건이 못 쓰게 됐다고 10만 원 내랍니다."

"어머머, 정말 웃기는 사람들이네. 아, 아까 내가 물어 봤을 때는 분명 250위안이라고 했어요. 5만 원이요. 그런데 무, 무슨 10만 원을 내라는 거예요?"

엄마는 당황해서 말까지 더듬었다. 가이드가 다시 중국어로 점원들과 얘기를 주고받았다.

"원래 10만 원인데 깎아서 5만 원에 주려고 한 거라고 10만 원 내야 한답니다."

"아니, 뭐 이런 날강도들이 다 있어? 5만 원이라고 하고선 왜 갑자기 10만 원 내래!"

엄마가 얼굴이 벌게져서 중국인 점원들을 향해 목청을 높였다.

"소용없어요. 이 사람들 얼마나 끈질긴데……. 어휴, 그러게 물건 만지지 말라니까."

가이드 말에 엄마는 분해서 어쩔 줄 몰라 했다. 덩달아 나도 얼굴이 벌겋게 달아오르는 것 같았다.

도대체 어떤 팔찌기에 10만 원이라는 거야? 나는 고개를 디밀고 점원 손에 들린 팔찌를 봤다. 순간 가슴이 쿵쿵 뛰었다. 그건 아까 강물이가 깨졌다고 했던 그 팔찌였다. 가슴이 벌렁거리면서 뜨거운 것이 확 치밀어 올랐다.

"거짓말이에요! 이거, 우리 엄마가 깬 거 아니에요!"

흥분해서 그런지 내 목소리가 높아지면서 파르르 떨렸다. 그 바람에 모두의 눈길이 내 쪽으로 쏠렸다.

"엄마가 만지기 전부터 알 하나가 깨져 있었어요. 내가 다 봤어요."

"연주야, 정말이야? 정말 네가 봤어?"

엄마가 눈이 둥그레져서 물었다. 나는 마구 고개를 끄덕였다.

"학생, 가만있어. 엄마라고 편들면 안 돼."

가이드가 이마를 찌푸리며 고개를 저었다.

"우리 딸 거짓말하는 애 아니에요. 봤으니까 봤다고 하는 거죠."

엄마가 가이드를 향해 버럭 화를 냈다.

"진짜예요. 처음부터 귀퉁이가 깨져 있었다고요!"

그제야 가이드가 점원에게 다시 중국어로 말했다. 갑자기 점원 둘이 나를 향해 눈을 부라리며 소리를 질러 댔다.

"너보고 거짓말한다는구나. 그 전에는 말짱했대."

"아니에요! 내가 똑똑히 봤어요. 저거 황금색 벨벳에 전시되어 있던 거잖아요. 천 색깔이랑 옥 안에 있는 무늬 때문에 깨진 거 쉽게 눈에 안 띄었단 말예요."

나도 소리소리 질러 댔다. 창피한 것 따위 생각할 틈도 없었다.

"맞아요. 이거 황금색 천에 전시되어 있었어요. 우리 딸이 본 거 확실하다니까요!"

엄마도 덩달아 목청을 높였다. 가이드가 다시 우리 말을 전했다. 그러자 눈이 부리부리한 점원이 소리를 지르며 손가락으로 내 머리를 쿡 쥐어박았다.

"아니, 이 여자가! 왜 남의 귀한 딸에게 손찌검이야?"

엄마가 내 앞을 막아서며 점원의 팔을 확 잡아챘다. 그때였다.

"연주 언니 말이 맞아요. 내가 먼저 봤어요. 저거 처음부터 깨져 있었어요."

무리 속에서 강물이가 튀어나오며 소리쳤다.

"맞아요. 우리 셋이 다 같이 봤어요. 아줌마가 만지기 전부터 깨져 있었어요. 그래서 우리가 불량품이라고 했었어요."

이번에는 강산이가 또박또박 말했다. 가이드가 중국어로 우리말을 전한 모양인지 점원 둘이 우리 셋을 노려보며 마구 지껄였다.

"아니, 이 양반들이 어디서 사기를 치려고! 애들이 다 봤다잖소. 이렇게 날강도짓 하면 우리가 산 물건 전부 반품할 거요. 가이드님, 제 얘기 좀 이 양반들한테 그대로 전해 주이소."

대머리 아저씨가 쇼핑백에 든 물건을 꺼내 보이며 말했다. 그 가게에서 산 모양이었다.

"참 몹쓸 사람들이네. 애들이 다 봤다는구먼. 이미 깨진 걸 어디다 떠넘기려고."

공중할머니랑 옆에 선 탐방단원들이 웅성거리며 너도나도 한마디씩 했다.

가이드가 쇼핑백이랑 탐방단들을 가리키며 점원들에게 중국어로 말했다. 그러자 얼굴이 빨개진 점원들이 투덜거리며 몸을 돌려 가게로 향했다.

"사장님, 멋집니다. 하하, 덕분에 한방에 해결됐네요. 자, 그럼 모두 버스로 갑시다. 다시 호텔로 달려야죠."

가이드가 활짝 웃으며 말했다.

"모두 감사합니다. 하마터면 억울하게 덮어쓸 뻔했어요."

엄마가 사람들을 향해 고개를 숙이며 말했다.

"우리가 남이오? 억울한 일을 당하면 서로 도와야지."

대머리 아저씨가 껄껄 웃으며 말했다.

콧등이 시큰거리면서 눈물이 핑 돌았다. 아까 저녁 식사 때는 그렇게 밉던 대머리 아저씨가 고맙고 정말 멋져 보였다. 아저씨뿐 아니라 탐방단 한 사람 한 사람이 모두 가족처럼 느껴졌다.

"우리 딸, 고마워."

엄마가 옆자리에 앉으며 말했다.

"이제 여기 앉을 거야?"

눈가가 촉촉이 젖은 엄마가 빙그레 웃으며 고개를 끄덕였다.

나는 어룽거리는 눈물을 슥 닦아 내며 헤벌쭉 웃었다.

넌 누구니?

중국 사람들은 삶은 달걀을 엄청 좋아하는 모양이다. 중국 온 첫날부터 아침 식사에 삶은 달걀이 안 나온 날이 없었다. 어제 아침엔 무슨 귀한 보물이라도 되는 양 달걀을 카운터 쪽에 수북이 쌓아 놓고 들어오는 사람에게 하나씩 나눠 주었다. 내 앞에 선 아줌마가 하나 더 달라고 손을 내밀자 고개를 저으며 손가락 하나를 세워 보였다. 일인당 한 개란 뜻이겠지.

"중국 사람들이 유난히 달걀을 좋아해서 그런 게 아냐. 어느 나라나 호텔 조식엔 대부분 달걀이 나와. 모든 영양소를 고루 갖춘 완전식품이잖아."

달걀 얘기가 우스웠는지 엄마는 크림 수프를 뜨다 말고 입을 가리고 웃었다. 역시 말은 하고 볼 일이다. 엄마에게 달걀 얘길 안 했다면 나는 줄곧 중국인들이 삶은 달걀을 엄청 좋아하는 줄 알았을 거다.

"아침 식사 맛있게 하셨습니까? 어제 호텔은 잘 만했죠?"

버스가 출발하자 가이드가 물었다. 사람들이 "네-." 하고 합창하듯 소리쳤다.

요녕성에서 가장 큰 도시인 심양은 동북삼성을 통틀어 제일 잘사는 동네란다. 그래서 그런지 호텔도 음식도 최고였다.

"오늘이 중국에서의 마지막 날입니다. 좀 아쉽죠? 마지막은 늘 그렇습니다. 이제 대련으로 이동해서 이른 점심을 먹고, 러시아거리를 본 다음 대련항으로 갑니다. 그리고 출국 수속 후 승선. 그럼 지금부터 또 달리겠습니다. 중국 오면 버스 지겹게 탑니다. 아마 돌아가면 버스 탄 기억밖에 없을 겁니다."

가이드는 이렇게 말하고 장난스럽게 깔깔 웃었다. 가이드 말대로 이제 '중국' 하면 지겹게 탄 버스부터 떠오를 것 같았다.

엄마는 다시 지도를 꺼냈다.

"아직도 지도랑 씨름 중이야? 그냥 가이드 언니나 강사님께 물어보지."

"쉽게 안 건 쉽게 잊어버리는 법이야."

엄마는 다시 휴대전화를 열었다. 한자를 하도 봐서 눈이 빠질 것

갈다면서도 포기하지 않는 엄마. 엄마가 달리 보인다.

나는 일기장을 꺼냈다. 대련까지 네 시간 걸린다니 어쩌면 도착하기 전에 숙제를 끝낼 수도 있겠다.

7월16일

엄마, 오늘 엄청 신 나는 일 있었어.

내가 어떤 선생님을 좋아하는지 말했지? 히히, 맞아 국사 선생님!

"이번 시험은 좀 어려웠지? 그런데도 백점 맞은 학생이 있다."

국사 시간에 선생님이 이러시는 거야. 그러자 친구들은 모두 "와아-." 하며 나를 봤어. 얼굴이 후끈거리는 게 느껴졌지만 난 고개를 숙이지 않고 선생님을 똑바로 봤어. 왜냐하면 선생님과 눈이 마주칠 기회니까. 정말 선생님이 나를 봤어.

"너희들도 눈치 챘냐? 그래, 맞다. 영자야, 오영자! 전교생 중에 딱 한 명, 영자 혼자 백점이야. 너희들도 영자 좀 닮아 봐."

선생님이 나를 향해 빙그레 웃으며 말했어. 세상에! 엄마, 난 하늘을 나는 기분이었어. 몸이 마구 가벼워져서 하늘을 둥둥 떠다니는 기분 말이야.

오영자? 나는 눈이 번쩍 뜨였다. 엄마 이름도 영자였다. 오영자! 설마, 일기 속의 오영자가 내가 아는 오영자는 아니겠지? 그래, 그럴 리가 없지.

나는 엄마를 봤다. 엄마는 지도와 휴대전화를 번갈아 보며 열심히 한자를 읽고 있었다.

"촌스럽게 이름이 영자가 뭐야?"

언젠가 내가 이렇게 물은 적이 있었다.

"그때는 이름들이 다 그랬어. 순자, 정자, 명자……. 왜 '자'를 붙였는지 아니? 그게 한문으로 '아들 자(子)'거든. 남동생을 봤으면 해서 그런 거래. 지금은 많이 달라졌지만 그때만 해도 아들이 최고였어. 집안의 대를 이어야 한다고."

"그래서 아들이 태어났어?"

"너 바보니? 엄마 바로 밑에는 이모잖아."

"에이, 그럼 엉터리네 뭐."

"아냐, 꼭 그렇게 말할 수도 없어. 그 밑으로 둘은 남동생들이잖아."

엄마랑 주고받았던 얘기들이 마치 재생 버튼을 누른 것처럼 줄줄이 떠올랐다.

맞아, 엄마도 동생들 많잖아. 이름이 뭐였더라? 나는 재빨리 일기장을 앞으로 넘겼다. 깡순이 동생들 이름은 영미, 영호였다. 하지만 기억을 아무리 더듬어도 이모랑 외삼촌 이름이 기억나지 않았다. 그것만 알면 바로 깡순이의 정체를 알 수 있을 텐데.

나는 일기를 마저 읽었다.

그런데 싸가지 없는 진규 녀석이 킥킥대며 톡 나서는 거야.

"선생님, 영자 닮으면 안 돼요. 미술은 꽝이라고요. 실기 시험 최하 점수 받았는데요."

엄마, 구름 위를 둥둥 떠다니던 나는 그 순간 진흙탕 속으로 처박히고 말았어. 아이들은 책상을 두드리며 웃어 대고. 난 정말 땅속으로 꺼지고 싶었어.

"신경 쓰지 마. 저 멍청한 자식은 과목마다 바닥이잖아."

짝꿍 지수가 내 귀에다 소곤거렸어. 하지만 기분은 나아지지 않았어.

"그게 어때서? 어떤 과목을 특별히 잘하는 건 아주 중요한 거야. 나도 국사만 좋아해서 국사 선생님이 됐잖아. 유명한 음악가나 화가들도 모든 과목을 잘하진 않았어. 특별히 한 분야를 좋아했고, 또 그쪽에 재능이 있었던 거지. 세상에 이름을 떨친 사람들을 보면 대부분 그래. 특정 분야를 뛰어나게 잘한 분들이지."

엄마, 국사 선생님 정말 멋지지? 역시 내 사랑을 듬뿍 받을 자격이 있는 분이라니까. 어떤 선생님이 나한테 그런 말씀을 해 주겠어. 난 죽을 때까지 국사 선생님을 사랑할 거야. 엄마, 어쩌면 나도 그분처럼 국사 선생님이 될 수 있을지도 몰라. 문득 그런 생각이 들었어.

일기장을 내려놓고 엄마를 봤다. 이번 여행을 통해서 새롭게 알게 된 건, 엄마가 우리 역사에 관심이 아주 많다는 거다. 그리고 역사를 정말 좋아하고, 지독하다고 할 만큼 끈질기다는 거다. 아직까지 깨알같이 적힌 한자들을 뚫어지게 보고 있는 저 모습. 보통 사람이면 포기했을 거다. 아니, 이미 가이드나 강사에게 물어 봤을 거다.

깡순이, 왠지 엄마랑 잘 어울리는 것 같다. 나는 일기 밑에다 적어 넣었다.

→ 깡순아, 넌 누구니? 정말 나랑 같은 나이니? 아니면…… 내 짐작대로 내가 아는 그 사람이니? 궁금하다, 정말…….

진짜 궁금하다.

"엄마, 엄마가 이 일기장 주인 맞지?"

대놓고 이렇게 물어 볼까? 아니면 "깡순아." 하고 불러 볼까? 그럼 빙그레 웃으며 고개를 끄덕일까, 아니면 어이없다며 내 머리를 쿡 쥐어박을까.

"연주야!"

갑자기 엄마가 내 어깨를 툭 치는 바람에 깜짝 놀라 엄마를 돌아봤다.

"다 찾았어, 엄마가 다 찾았다고! 봐, 우리가 다닌 길이야."

엄마가 내 쪽으로 지도를 내밀며 활짝 웃었다. 지도에는 빨간 볼펜으로 군데군데 동그라미가 쳐 있었다.

"우리가 여기 인천에서 출발했잖아. 도착한 곳은 바로 여기야, 대련. 그 다음은 단동 →집안 →통화→백두산→통화→ 심양. 우리는 이제 여기 심양에서 이곳 대련으로 가고 있는 중이지. 아마 지금은 여기 어디쯤일 거야."

엄마는 손가락으로 지도 위 한 지점을 톡톡 치며 말했다.

옮겨 다닌 지명 사이를 볼펜으로 연결해 둔 탓에 이동 경로가 한눈에 쏙 들어왔다.

"그런데 딱 한 곳을 못 찾았어. 석성 말이야."

석성, 석성이 어디였더라? 한꺼번에 너무 많은 곳을 봤나 보다. 도무지 기억이 안 난다. 엄마가 카메라를 켜더니 사진을 보여 준다. 그제야 첫날 본 성이 떠올랐다. 연수영 여장군이 성주로 있었다던 아름다운 성.

"이게 지도에 안 나오는 것 같아. 대련에서 단동으로 가는 길목에 있다고 했으니까 여기 어디쯤일 텐데."

엄마가 다시 지도를 뚫어지게 들여다봤다. 하지만 내 머릿속은 온통 깡순이 생각뿐이었다.

"엄마, 궁금한 게 있는데 외할머니 말이야. 언제 돌아가셨어? 난 한 번도 못 본 것 같아."

"당연하지. 내가 중학교 때 돌아가셨는데."

엄마는 지도에서 눈도 떼지 않은 채 말했다.

그랬구나, 역시 엄마였어! 궁금증이 풀리면 덩실덩실 춤이라도 추고 싶을 줄 알았다. 그런데 아니다. 갑자기 눈물이 핑 돌았다. 다행히 때맞춰 가이드가 대련 도착을 알렸다.

우리는 점심을 먹고 '러시아거리'로 향했다. 러시아거리는 넓고 한산했다. 도로 양쪽으로 줄지어 선 건물들은 백 년이나 됐다는데도 대부분 산뜻했다. 러시아 건물을 본 적이 없어 어떻게 생겼을까 궁금했는데 심양이나 단동 거리에서 본 건물과는 확실히 달랐다. 네모반듯한 회색 빌딩이 아니라 지붕이 원뿔이나 삼각뿔 모양으로 뾰족하고, 색깔도 다양하고 화사했다. 뾰족한 지붕엔 여러 개의 창이 나 있었다. 마치 동화책에 나오는 성 같았다.

"대련도 풍상을 참 많이 겪은 곳이네. 우리 땅이었다가 중국 땅이 되어 일본과 러시아의 지배를 받았으니."

엄마가 안쓰러운 듯 혀를 찼다.

중국이 러시아거리를 그대로 두는 이유는 후세에게 교훈을 주기 위해서라던 가이드 말이 떠올랐다. 과거에 러시아와 일본의 통치를 받았던 것처럼, 힘없으면 언제든 다시 그런 일이 벌어질 수 있다는 걸 깨우쳐 주기 위해서 말이다.

거리 양쪽의 가게에선 중국인들이 팔찌, 부채, 시계, 스카프 같은 물건들을 팔았다. 건물만 러시아식이지 물건을 파는 사람도 파는 물건도 모두 중국제다.

우리는 커다란 액세서리 가게로 들어갔다.

"어머, 정말 예쁘다."

엄마가 나비 모양 큐빅이 박힌 머리띠를 집어 들려다 움찔했다. 어제 옥팔찌 기억이 떠오른 모양이었다. 그 모습이 웃겨서 내가 킥킥대자 엄마도 따라 웃으며 어깨를 으쓱했다.

"엄마, 이런 건 우리 또래나 하는 거야."

"좋아하는데 나이가 무슨 상관이냐. 어렸을 때 못 해 봐서 그런지 난 이런 거 보면 아직도 막 갖고 싶더라."

"갖고 싶으면 하나 사."

"됐어. 너 하나 사 줄까?"

내가 고개를 젓자 엄마가 팔찌 쪽으로 눈길을 옮겼다. 어제 가게에서 본 팔찌와 달리 여기 팔찌들은 아이들 감각에 맞는 것들이었다. 예쁘고 세련된 팔찌를 보니 날나리 클럽 친구들이 떠올랐다. 내가 빤히 보고 있자 점원이 계산기에 10을 써서 내밀었다.

"2천 원이래. 엄마가 사 줄게, 골라 봐."

"진짜? 나 고른다."

엄마가 고개를 끄덕이자 나는 똑같은 모양의 팔찌 네 개를 집어 들었다. 엄마 눈이 둥그레졌다.

"똑같은 걸 뭐 하러 네 개나 해. 머리핀 같은 걸 더……."

엄마가 말하다 말고 얼굴을 찡그렸다. 눈치 챈 모양이었다. 날나리 클럽 친구들 거란 걸.

"이건 내가 살게. 엄마는 다른 거 사 줘."

나는 엄마 눈길을 피하며 얼른 계산대로 향했다.

"아냐, 엄마가 사 줄게. 어제 너 아니었으면 10만 원 날릴 뻔했잖아."

엄마가 지갑에서 돈을 꺼내며 말했다. 그냥 엄마 몰래 살걸. 가게를 나오며 힐끗 엄마를 봤다. 다행히 얼굴은 밝다.

"아이스크림 가게네. 탐방단에게 하나씩 돌려야겠다. 고맙단 인사는 해야지."

엄마가 빙그레 웃으며 아이스크림 가게로 향했다. 그때 좋은 생각이 떠올랐다.

"엄마, 나 잠깐 가게에 좀 다녀올게. 아이스크림 사고 있어."

"가게는 왜, 같이 갈까?"

"아니, 잠깐이면 돼. 금방 올게."

나는 방금 엄마랑 들어갔던 액세서리 가게를 향해 달려갔다.

술래잡기

다시 대련항이다.

우리 탐방단은 출국 수속을 마치고 대인 페리 호에 승선했다. 5박 6일을 어떻게 보내나 걱정했는데 막상 너무 빨리 지나가 버린 느낌이다.

다인실에 짐을 풀고 편한 옷으로 갈아입었다.

"연주야, 우리 갈매기한테 새우깡 주러 갈 건데 너도 갈래?"

강산이랑 강물이가 와서 물었다.

"그래. 그러지 않아도 저번에 제대로 못 해 봐서 아쉬웠어."

우리는 매점으로 달려가 새우깡을 사서 갑판으로 올라갔다. 벌써 많은 사람들이 갈매기에게 새우깡을 주고 있었다. 새우깡 든 손을 공중으로 쭉 뻗고 있으면 하늘에 떠 있던 갈매기가 목표물을 향해 낙하, 잽싸게 물고 날아오른다. 그때마다 하얗고 통통한 배가 금방이라도 손에 닿을 듯했다. 그 아슬아슬한 재미에 폭 빠져서 시간 가는 줄도 몰랐다.

"얘들아, 저녁 먹으러 가자."

엄마 목소리였다. 돌아보니 강산이 엄마, 아빠도 함께였다.

다 같이 저녁을 먹고 다시 갑판으로 나왔다. 어른들이 갑판 위에서 맥주와 안주를 놓고 이야기판을 벌이는 사이 우리는 갈매기에게 새우깡을 마저 주었다.

어느새 주위가 어둑해졌다. 갈매기들도 하나 둘 사라졌다. 바람도 슬슬 차가워져서 우리는 선실로 내려왔다. 그러다 주희 언니랑 마주쳤다. 답답해서 갑판에 올라가려는 길이란다.

"언니들, 우리 술래잡기하자."

강물이의 말에 모두의 눈이 반짝 빛났다.

"그거 재밌겠다. 여기 숨을 곳도 많던데."

뜻밖에도 주희 언니가 아주 좋아했다. 언니는 갑판에서 뛰어다니면 위험하니까 선실에서만 숨자며 금세 규칙을 만들었다.

"좋아. 그럼 술래 정해야지. 안 내면 술래 가위바위……."

"누나들 나도 껴 주라, 응?"

석현이의 우렁찬 목소리에 강산이의 목소리가 묻혀 버렸다. 석현이도 어지간히 심심했던 모양이다. 껴 달라며 주희 언니에게 매달렸다.

"괜찮지? 사람이 많을수록 재밌잖아."

주희 언니 말에 우리는 고개를 끄덕였다.

"자, 다시. 안 내면 술래 가위바위보!"

"와, 노랑머리 언니가 술래다!"

강물이가 팔짝팔짝 뛰며 소리쳤다. 노랑머리 언니? 나와 강산이는 놀라서 재빨리 주희 언니 눈치를 살폈다. 하지만 언니는 아무렇지 않은 듯 히죽 웃으며 선실 벽에 얼굴을 대고 숫자를 세기 시작했다.

"셋, 넷, 20까지 셀 거니까 그 전에 꼭꼭 숨어. 다섯, 여섯……."

제각각 숨을 곳을 찾아 흩어졌다. 나는 아직 결정을 못 하고 주위를 두리번거렸다.

"열넷, 열다섯……."

그제야 부랴부랴 휴게실 의자 뒤로 숨었다. 다행히 수다를 떨고 있는 대여섯 명의 아줌마들 덕분에 쉽게 눈에 띄지 않을 것 같았다.

"스물. 찾는다!"

언니가 큰 소리로 외쳤다. 목을 조금 빼고 아줌마들 사이로 언니 쪽을 살폈다. 휴게실 주변을 뒤지던 언니가 내 쪽으로 다가왔다. 어쩌지, 들키겠다. 숨을 죽인 채 바닥에 납작 엎드렸다. 가슴이 마구 벌렁거렸다. 그런데 한참이 지나도 아무 소리가 없었다. 살며시 고개를 들었다. 언니가 매점 쪽으로 가는 게 보였다.

언니는 한참이 지나도록 오지 않았다. 이렇게 숨어서 언니를 살피자니 얼마 전에 있었던 예비소집일이 떠올랐다.

그날 아침, 나는 친구들을 만난다는 기쁨에 한껏 들떠서 학교로 향했다. 방학 후 한 번도 못 만난 데다 누구랑도 연락할 수 없었기 때문이다. 휴대전화는 뺏기고, 컴퓨터 코드는 엄마가 압수해서 영어 강의 들을 때만 내줬다.

교실은 벌써 삼삼오오 모여 얘기꽃을 피우느라 왁자지껄 요란했다. 친구들과 인사를 나누면서도 눈은 날나리 클럽 친구들을 찾았다. 그런데 없었다.

"승미랑 수아 찾아? 저쪽 복도에 있던데."

내가 계속 두리번거리자 희수가 말했다. 나는 잽싸게 복도로 향했다. 복도를 나가면 바로 삼 층으로 통하는 계단이 나온다. 쉬는 시간이면 우리는 이 층과 삼 층 사이에 있는 그 계단에 모여 수다를 떨었다. 넓은 창으로 운동장에 깔린 초록 잔디와 우뚝 솟은 은행나무가 보여서 좋았다.

복도를 나가자 승미랑 수아, 민지의 모습이 보였다. 민지는 왜 왔지? 나는 고개를 갸웃했다. 민지네 반 소집일은 이틀 뒤였다. 반가워서 마구 뛰어 올라가고 싶었지만 놀래 주려고 살금살금 계단을 올라갔다.

"걔 엄마 완전 똘아이 아니냐? 외톨이인 게 안됐어서 끼워 줬더니. 나 걔 엄마랑 통화하면서 완전 오염 물질 된 기분이었어. 청정 공기를 더럽힌 오염 물질!"

화가 있는 대로 뻗친 수아 목소리였다. 나도 모르게 그 자리에 우뚝 멈췄다.

"너, 앞으로 걔들이랑 어울릴 생각은 꿈에도 하지 마."

엄마가 했던 말이 빠르게 머릿속을 훑고 지나갔다. 가슴이 벌렁거렸다. 나는 친구들 눈에 띄지 않도록 계단 벽에 몸을 바짝 붙였다.

"나도 그랬어. 한마디도 못 하고 듣고 있었지만, 정말 기분 더러웠어."

민지였다.

"우릴 완전 쓰레기 취급했다니까. 솔직히 걔 공부 말고 할 줄 아는 게 뭐 있냐? 우리보다 잘난 게 뭐 있냐고. 회장도 우리 아니었으면 꿈도 못 꿨을걸. 은혜도 모르고 말이야."

확실하다. 내 얘기다. 수아 말대로 날나리 클럽 친구들 아니었으면 이번에 회장이 될 수 없었다. 나를 회장으로 추천해 주었고, 아이들 하나하나 찾아다니며 미리 선거 운동도 해 주었다. 그 덕분에 나는 세 표 차이로 회장이 될 수 있었다.

설마 엄마가 전화까지 했을 거라곤 상상도 못 했다. 그렇게까지 하다니, 참을 수 없는 분노가 온몸을 휘감았다.

"정말 재수 없지 않냐? 어떻게 딸 친구에게 그런 말을 할 수 있냐고."

"그러게. 자기 딸만 소중한 줄 알더라. 나도 우리 집에선 금쪽 같은 자식인데."

수아 말에 민지가 맞장구를 쳤다.

"만짱, 걔 엄마 말대로 날나리 클럽에서 걔 빼자. 친구 하지 말라는데 우리가 자존심 상해 가며 껴 줄 필요 없잖아."

수아 목소리는 단호했다.

나는 숨이 콱 막혔다. 깜깜한 어둠 속으로 끝없이 추락하는 느낌이었다.

왕따, 누구나 될 수 있다. 그것도 순식간에 말이다. 나는 그 순간을 생생히 기억하고 있다.

초등학교 6학년 때였다. 그때 회장을 맡은 아이가 미나였다. 미나는 예쁘고 공부도 잘했다. 배려심도 좋아 여학생과 남학생 모두에게 인기 폭발이었다. 하지만 남자애들이 장난삼아 한 인기 투표가 미나의 위치를 180도 바꿔 버렸다. 남자애들끼리 한 인기 투표에서 미나는 일등을 했다. 당연한 결과였다. 누구나 그렇게 예측했을 거다. 그런데 실제로 그 사실이 여학생들 귀에 전해지자 미나는 순식간에 질

투의 대상이 되었다. 찌질이로 불리는 두세 명 말고는 모두들 미나를 그림자 보듯 했다. 나 역시 은근히 미나를 외면했다. 그렇게 해서 미나는 왕따가 되었다. 혼자가 된 미나를 보며 안됐다는 생각이 들면서도 한편으로 고소했다. 미나의 잘못이 아니란 건 모두 알고 있었지만, 주희 언니 말대로 아는 것과 행동이 늘 일치하는 건 아니다. 누구나 재수가 없으면 왕따가 되는 거다. 하루아침에 말이다.

그렇지만 지금 난 날나리 클럽이 아니라도 외톨이나 왕따가 되진 않을 거다. 회장을 하면서 여러 친구와 고루 친해진 탓에 내가 낄 모둠은 있다. 하지만 난 날나리 클럽 친구들이 좋다. 그 친구들과 함께가 아니면 남들 눈엔 외톨이가 아닐지라도 난 분명 외톨이일 거다. 내게 중요한 건 승미니까.

"네짱, 네 생각은 어떤데?"

한참 만에 승미가 민지에게 물었다.

"미짱 빠지면 많이 서운할 것 같아. 그런데 걔 엄마가 그렇게까지 말했는데, 빼야 하지 않을까 싶기도 하고……. 잘 모르겠어."

민지 말을 들으니 눈물이 핑 돌았다.

"만짱, 네 생각은 어떤데?"

수아가 물었다. 나는 잔뜩 숨을 죽였다. 누구보다 승미의 생각이 궁금했다.

"난 우리가 좀 더 신중해야 한다고 생각해. 우리 스스로 미짱을 선택했고, 미짱 역시 우리를 선택했어. 그런데 제삼자의 말에 휘둘려서 정작 미짱의 의견은 들어 보지도 않고 우리 맘대로 결정하는 건 아니라고 봐. 중요한 건 우리들 각자의 생각이지 미짱 엄마의 생각이 아니잖아. 정말로 자존심 상하는 건, 우리 날나리 클럽이 제삼자에 의해 좌지우지되는 거 아닐까? 그리고 어쩌면 연주는 엄마가 우리한테 전화한 사실조차 모르고 있을지도 몰라."

승미 말에 다시금 눈물이 핑 돌았다. 역시 승미다. 승미야, 고마워.

"나도 미짱이 싫은 건 아냐. 아니, 좋아. 하지만 걔 엄마가 우리랑 계속 어울리게 두겠어?"

"그렇긴 해. 당장 지금도 미짱이랑 연락이 안 되잖아."

"아마 휴대전화 압수당했을 거야. 그러니까 이따 오면 얘기 좀 해 보자."

승미 말대로 엄마는 방학식 다음 날 기다렸다는 듯 내 휴대전화를 압수했다. 그리고 해지시켜 버렸다. 그런데 그 이유를 이제야 알겠다. 엄마는 줄곧 벼르고 있었던 거다. 이미 내 친구들에게 전화할 계획도 세워 놓았던 거다. 당장 달려가 친구들에게 사실대로 말하고 싶었다. 엄마가 전화한 줄 몰랐다고, 절대로 날나리 클럽에서 나가고 싶지 않다고, 너희들이 정말 좋다고. 하지만 용기가 나지 않았다. 어쩌면 엄마를 설득할 자신이 없었기 때문인지도 모른다.

"연주는 도대체 어디 숨은 거야?"

강산이 목소리가 휴게실 가득 울려 퍼졌다.

"연주 언니, 숨어 있다 잠든 거 아닐까?"

강물이 목소리다.

"에잉 몰라. 그냥 우리끼리 먹어요."

이번엔 석현이 목소리. 무슨 일인가 싶어 천천히 몸을 일으켰다.

"연주 언니 저깄다!"

강물이가 손가락으로 나를 가리키며 소리쳤다. 모두의 눈길이 내게 쏠렸다.

"너 거기 숨어 있었어? 나 참, 등잔 밑이 어둡다더니. 밤새 숨어 있을 작정이야? 어서 나와 치킨 먹자. 어른들이 시켜 주셨어."

주희 언니 말에 모두들 나를 향해 손짓을 했다.

휴게실 바닥에 신문지를 깔고 둘러앉았다. 고소한 치킨 냄새에 침이 고였다.

"배 타니까 좋다. 이렇게 금방 튀긴 치킨도 먹을 수 있고."

"술래잡기도 할 수 있고."

석현이 말에 강물이가 벌쭉 웃으며 덧붙였다.

"어른들 오늘 밤새려나 봐. 맥주 또 사 갔어. 연주야, 너희 엄마도 계셔."

"노랑머니 언니네 엄마도 계셔."

강물이는 강산이 말에 또 재빨리 덧붙였다.

“우리도 밤새도록 놀자.”

석현이가 입안 가득 치킨을 밀어 넣으며 말했다. 그 모습이 우스워 모두 깔깔 웃어 댔다.

저 붉은 해 때문이다

엄마 침대는 아직도 비어 있다. 정말 밤을 샐 작정일까.

이 층 내 침대로 올라갔다. 커튼을 치고 스탠드를 켠 뒤 일기장을 꺼냈다. 내일은 엄마에게 이 일기장을 돌려줘야 한다.

한 장 한 장 넘기자 엄마의 어린 시절이 고스란히 되살아났다. 가슴이 아렸다.

엄마, 조금만 더 살 수는 없었어? 정말 보고 싶다.

엄마, 난 이다음에 진짜 건강하게 오래 살 거야. 그래야 내 아이들이 나를 그리워하지 않을 테니까. 그래서 우리 아이들에게 맛있는 것도 많이 해 주고, 공부도 하고 싶은 만큼 실컷 하게 해 줄 거야. 참고서도 과목마다 사 주고, 지수처럼 학원도 다 보내 줄 거야.

후드득, 눈물이 떨어졌다. 엄마에게 무슨 말이든 해야겠다. 아니, 하고 싶다. 하지만 얼굴을 보고 하긴 좀 그렇다. 나는 볼펜을 꺼내 마지막 장에다 한 자 한 자 정성들여 편지를 썼다.

멋진 별명을 가진 엄마에게

엄마, 나 연주야.

엄마한테 하고 싶은 말이 굉장히 많아. 그런데 막상 펜을 드니까 무슨 말부터 해야 할지 모르겠다. 깡순이는 술술 잘도 쓰던데. 여러 모로 난 깡순이한테 밀리네.

아빠가 중국 여행 같이 못 온다고 했을 때, 그래서 엄마랑 둘이만 가야 한다고 했을 때 나 정말 끔찍하다고 생각했어. 미안하지만 진심으로 그랬어. 그래도 따라온 건 사실 휴대전화 때문이었어. 아빠가 엄마의 비밀 계획을 누설했거든.

그런데 여행 마지막 날인 지금, 내가 무슨 생각 하는지 알아?

'이번 여행 안 왔으면 정말 끔찍했을 거야.'

진짜야 엄마, 여기 오길 너무 잘했어. 휴대전화하고 상관없이 말이야. 왜냐하면…… 이번 여행을 통해 참 많은 것들을 알게 되었거든. 엄마랑 15년이나 같이 살면서도 내가 엄마에 대해 모르는 게 너무 많았다는 거, 내가 정말 좋은 환경에서 살고 있다는 거. 그리고 이건 제일 중요한 건데, 아주 멋진 아이를 알게 되었다는…….

누군가 나를 흔들었다. 눈을 떴지만 어두워서 누군지 보이지 않았다.

"나야, 엄마."

"이제 온 거야?"

"아니, 어젯밤에. 지금 아침이야. 엄마랑 해돋이 보러 갈래?"

엄마가 낮은 목소리로 조용조용 말했다.

아침이라고! 어젯밤에 쓰던 편지가 떠올랐다. 다 쓰고 잤던가? 아니, 쓰다 만 것 같았다.

"엄마, 먼저 올라가. 나 옷 입고 금방 따라갈게."

"그래, 추우니까 따뜻하게 입고 나와."

엄마가 나가자 얼른 스탠드를 켰다. 일기장은 펼쳐진 채 머리맡에 그대로 있었다. 이런, 역시 쓰다 말았다. 볼펜을 들고 서둘러서 마저 썼다.

바람막이 점퍼를 챙겨 입었다. 일기장을 점퍼 안에 품고 갑판으로 향했다.

이른 아침인데도 갑판 위엔 해돋이를 보기 위해 나온 사람들이 많았다. 엄마를 찾아 이리저리 둘러보는데 누군가 나를 향해 손을 흔들었다. 자세히 보니 담요를 둘러쓴 엄마다.

"좀 있으면 해가 뜰 거래. 이리 앉아."

엄마는 내가 앉을 자리를 만들어 주고는 덮고 있던 담요로 내 몸까지 폭 감쌌다. 따뜻했다.

"연주야, 불혹이란 말 들어 봤니?"

한동안 말없이 앉아 있던 엄마가 조용히 물었다. 불혹? 혹이 아니란 뜻인가. 나는 솔직하게 고개를 저었다.

"공자는 알지?"

이번에는 고개를 끄덕였다.

"그분이 그랬대. 세상일에 흔들림이 없는 나이란 뜻에서 마흔을 불혹이라고. 너 엄마 나이가 몇인 줄 알아?"

몇 살이더라? 갑자기 물으니 생각이 안 난다. 마흔인가? 아니, 그보단 많은 것 같은데.

"너무 심한 거 아니니? 어떻게 엄마 나이를 모를 수가 있어."

"시간이 너무 빨리 가. 내 나이도 헷갈릴 지경이라고."

미안해서 괜히 살짝 짜증을 섞었다.

"하긴 나도 종종 헷갈리더라. 공자가 말한 그 불혹에서 다섯 해나 더 살았어. 그런데도 엄마는 매일 흔들리는 것 같아. 이게 옳은지, 저게 옳은지. 그래도 너에 관해서만은 그동안 잘해 왔다고 생각했어. 네가 잘 따라와 주었고, 늘 남보다 앞섰으니까."

무슨 말을 하려는 걸까? 불안감이 밀려왔다.

"그런데 네가 중학생이 되면서, 아니 네가 사춘기에 접어들면서 난 자욱한 안개 속에 빠진 기분이었어. 내가 왜 사는지, 뭘 위해 살아야 하는지……. 모든 게 혼란스러웠어. 처음엔, 아니 줄곧 그게 모두 네 탓이라고 생각했어. 네가 모든 걸 망쳤다고."

나는 말없이 듣기만 했다. 왠지 그래야 할 것 같았다.

"이번 여행 포기하려고 했었는데 잘 온 것 같아. 여기 와서 많은 걸 생각하고, 깨닫고, 또 알게 됐거든."

갑자기 내가 쓴 편지가 떠올랐다. 웃음을 참지 못해 큭, 소리를 냈다. 엄마가 말을 멈췄다.

"어, 미안해 엄마. 재채기가 나오려고 해서. 응, 그래서?"

엄마는 추워서 그런 줄 알고 담요를 더 꼭 여몄다.

"엄마가 생각한 만큼 네가 어리지 않다는 것. 그리고 네 탓이라고 생각했던 것들, 꼭 그렇지만은 않다는 것도……. 지금은 이렇게 말하지만 시간이 가면 또 어떻게 변할지 모르겠다. 아까 말했잖아. 엄마, 수시로 흔들린다고."

엄마가 빙그레 웃었다.

"그래도 여행 오기 전이랑은 많이 다르겠지. 아무튼 우리 선조들이 남긴 유적지를 돌며, 또 버스를 타고 긴 시간을 달리며, 지난 시절을 돌아보게 되더라. 그런데 그동안 난 늘 누군가를 위해 살아왔단 생각이 들더라. 온전히 나 자신을 위해서 산 적이 없는 것 같아."

누군가를 위한 삶. 난 엄마의 그 말이 이해되었다. 외할머니가 돌아가신 뒤론 동생들을 위해 살았고, 결혼한 후엔 아빠와 나를 위해 살았으니까.

“공중할머니 참 멋지지 않니? 보통 사람이라면 그 연세에 이런 교육프로그램에 참여할 엄두를 못 냈을 거야. 나도 남은 인생, 나를 위해 멋지게 살고 싶다. 더 늦기 전에 말이야.”

그래, 엄마. 엄마도 이제 엄마를 위해 살아. 엄마와 내가 계속 같은 생각을 가지고, 같은 곳을 보고 살 수는 없잖아. 승미 말대로 나는 나고, 엄마는 엄마니까. 하지만 엄마가 자신을 위해 살고 싶다니까 살짝 서운해지려고 한다.

“엄마, 까뮈란 사람 알아?”

“까뮈? 많이 들어 봤는데. 소설가 아냐?”

“맞아. 그 사람이 그랬대. 엄마처럼 혼란스런 상태에 있는 순간을 ‘위대한 의식의 순간’이라고. 물론 지금은 그 순간에서 벗어나 한 단계 올라선 거 같지만.”

“위대한 의식의 순간! 그게 뭔데?”

“아까 엄마가 그랬잖아. 내가 왜 사는지, 뭘 위해 살아야 하는지 모르겠다고. 그렇게 자신의 삶이 무의미하다고 느끼고 깨닫는 순간을 말한대. 그걸 깨닫게 되면 무의미한 삶에 의미를 주려고 할 거잖아. 그러다 보면 엄마가 원하는 삶, 엄마다운 삶을 살려고 노력하고 결국은 그렇게 되겠지.”

엄마 눈이 휘둥그레졌다. 마치 옆에 앉은 내가 한 번도 본 적 없는 낯선 사람인 양 뚫어지게 봤다.

"어머나, 너 정말 내 딸 연주 맞니?"

"엄마, 너무 감탄하지 마. 이거 승미가 나한테 해 준 말이니까."

승미란 말에 엄마 얼굴이 잠시 찡그러졌다. 하지만 이내 펴졌다.

"걘 그런 걸 어떻게 알았대?"

"책 많이 읽어. 내가 제일 좋아하는 친구야. 정말 괜찮은 애야. 공부도 웬만큼 하고."

마지막 공부 얘긴 일부러 덧붙였다. 어른들은 모든 걸 공부로 평가하니까.

"네 말 들으니까 꽤 괜찮은 애 같네. 그런데 카페에 그건 다 뭐니? 완전 날라리처럼 하고 다니던데."

"아냐, 그건 어쩌다 한 번씩 그런 거야. 스트레스 풀기용으로. 실제론 걔도 꾸미는 거 별로 안 좋아해. 카페 가서 방마다 꼼꼼히 읽어 봐. '날나리 클럽'의 뜻도 올려놨으니까. 아마 읽어 보면 깜짝 놀랄걸. 분명 엄마 자신이 엄청 부끄럽게 느껴질 거야."

나도 모르게 웃음이 나왔다. 엄마 표정이 눈에 선했기 때문이다.

"앞으론 우리 가족끼리 여행 자주 해야겠다. 우리 딸이 또 어떤 모습을 감추고 있는지 보게. 아니 내가 못 보고 있는 걸 찾아내게."

그러고 보니 엄마와 어떤 일에 대해 의견을 주고받으며 상의한 적이 한 번도 없었다는 생각이 든다. 엄마는 항상 앞에서 이끄는 존재

였고, 나는 무작정 따라가는 존재였다. 그게 습관이 되어 엄마에게 내 맘을 이해시키고 설득한다는 게 낯설고 힘들었던 것 같다.

"엄마, 선물이야."

나는 뱃속에 품고 있던 일기장을 엄마에게 내밀었다.

"치, 이게 무슨 선물이냐? 내가 준 거 돌려주는 거면서. 다 읽었어?"

나는 고개를 끄덕였다.

"내내 피곤했을 텐데, 장하다 우리 딸! 약속대로 돌아가면 휴대전화 다시 개통해 줄게. 소감은 다 썼겠지?"

엄마가 빙그레 웃으며 일기장을 휘리릭 넘겼다. 그때 일기장 속에서 포장지에 싼 물건 하나가 톡 떨어졌다.

"이거 뭐야?"

"선물이랬잖아. 이따가 봐."

나는 쑥스러워서 포장지에 싼 물건을 얼른 일기장 속으로 밀어 넣었다.

"엄마, 집에 돌아가면 나한테 시간 좀 내 줘. 내가 친구들이랑 자주 가는 곳이 있거든. 거기서 같이 차 마시자."

"지금 데이트 신청하는 거야?"

"응, 엄마한테 처음으로 하는 데이트 신청이야. 받아 줄 거지?"

"너 하는 거 봐서."

엄마가 장난기 가득한 얼굴로 웃었다.

"어머나 연주야, 하늘 좀 봐. 해야! 해가 떠오르고 있어. 어쩜 저렇게 예쁘니?"

고개를 돌리자 엄마 손가락 끝에 빨간 해가 걸려 있었다. 저렇게 예쁜 붉은색은 처음 본다. 해를 보고 있으니 승미랑 수아, 민지 얼굴이 떠올랐다. 가슴 가득 용기가 차오르는 게 느껴졌다. 예비소집일엔 도망치듯 학교를 나왔지만 이제 피하지 않고 당당히 마주 볼 수 있을 것 같았다.

갑자기 큭큭, 이상한 소리에 고개를 돌렸다. 엄마가 일기장을 펼친 채 웃고 있었다.

"엄마, 나 없을 때 읽으랬잖아."

내가 뺏으려 하자 엄마가 일기장을 등 뒤로 돌렸다.

"연주야, 선물 고마워. 내가 정말 갖고 싶었던 거야."

엄마가 큐빅이 박힌 나비 모양 머리띠를 머리에 꽂은 채 나를 껴안았다. 눈 속이 후끈거리며 열기가 차 온다. 어룽지는 물기 때문에 앞이 잘 안 보인다. 저 붉은 해 때문이다.